砂漠地帯を順調に開拓中!
住人もどんどん増えて
賑やかに!
ミリア
ダークエルフの集落の長。
スキル『植樹』を使って
追放先でのんびり
開拓はじめます
2

ウィンドピッグ
アースモール
をゲット！

ファイアキャット
ウォータードッグ
新たな能力で
もふもふな召喚獣

キャラクター紹介

ウッディ・コンラート

コンラート公爵家の元嫡男。
『植樹』の素養を授かったことで
砂漠地帯に追放されてしまった。

ナージャ・フォン・トリスタン

ウッディの元婚約者。
トリスタン伯爵家の一人娘で、
『剣聖』の素養持ち。

シムルグ

聖域を作ることが出来る神鳥。
美味しい果物に目がない。

アイラ

ウッディの専属メイド。
『水魔法師』の素養持ちで、
魔法戦はお手の物。

ホイール

聖域を作ることが出来る神鼠。
家族がおり、子煩悩なお父さん。

スキル『植樹』を使って追放先でのんびり開拓はじめます

2

著 しんこせい

ill. あんべよしろう

口絵・本文イラスト
あんべよしろう

装丁
木村デザイン・ラボ

プロローグ

「ふわあぁ……」

このまま二度寝をしてしまおう……そんな悪魔の誘惑に抗《あらが》いながら、なんとかして上体を起こす。

布団の魔力から脱して立ち上がると、隣の空間が少しだけ温かかった。

どうやらアイラがさっきまで、ここで眠っていたみたいだ。

今頃は、朝食の準備でもしてるのかな？

そんなことを考えながら、ぐぐっと身体《からだ》を伸ばす。

ベッドは、一人で眠るにはあまりにも大きなクイーンサイズ。

僕はここでいつも、アイラとナージャと一緒に眠っている。

最初はドキドキすることも多かったけれど、最近では慣れてきたのか安心感の方が勝っている感じがする。二人の体温を感じるからか、なんだかリラックスできる気がするんだよね。

「ウッディ様、朝で……あ、もう起きてらっしゃったんですね」

そう言いながらやってきたのは、銀髪を短く切り揃《そろ》えたメイドのアイラだ。

彼女はいつも僕よりも早く起床し、準備を整えてから僕を起こしにやってくる。

そして、そんなメイドのアイラの主《あるじ》である僕の名前は、ウッディ・コンラート。

家名がついていることからもわかるように、僕はコンラート家という貴族家の嫡男……だった。だったと過去形になってしまったのは、僕が手に入れた力のせいで廃嫡されてしまったからである。

十五歳になると行われる祝福の儀。

貴族家の子供達が素養やスキルと呼ばれる後天的な才能を授かることができる、本来であればめでたい日に僕の人生は大きく変わってしまったのだ。

実は、今住んでいる家自体が、僕が素養によって生み出したものなのだが、こんな風に何かを生み出す素養は生産系と呼ばれ、この国ではあまり重要視されないことが多い。

特に、一に武力、二に武力というコンラート家なんかでは、生産系の素養を持つ人間に対する扱いはひどい。

本来コンラート家には『大魔導』という代々受け継がれている強力な素養がある。

僕はこの素養を継ぐだろうと期待されていたわけだけど……結果として得られたのは『植樹』という生産系の素養だった。

『大魔導』を受け継ぎ、僕の代わりに嫡子になった異母弟のアシッドは僕の居場所を完全に奪い取った。

アシッドに半ば追放されるような形で、僕は公爵領の北に広がっている砂漠地帯の領主として緑化と領地の回復を言いつけられ公爵家を出ることになった。

アシッド的には、未開の地で緑化できるもんならやってみろ、ということなのかもな……。

でも、素養のおかげで世界樹が植えられたり果物が生る樹《なき》が出せたり、元婚約者のナージャが押しかけてきたり、世界樹の実を求めてやってきた神獣様に聖域を作ってもらったりと……今のところそこまで大きな問題もなく、領地経営は上手《うま》くいっている。

僕らがウェンティと名付けたこの地で、のんびりとした日々を過ごしているのだ。


アイラと一緒に部屋の外へ出る。

「どうかされましたか、ウッディ様？」

「……いや、砂漠暮らしもそう悪くないと思ってね」

「ウッディ様の素養のおかげですよ」

アイラが淹《い》れたフルーツティーを飲むと、身体の奥がじんわりと温かくなってくる。

徐々にだけど、目も冴《さ》えてきた。

窓を開けて外を見ると、聖域の結界に包まれたギネア村の風景が見える。

現在、ウェンティには二つの村がある。

今こうして僕らが逗留《とうりゅう》しているギネア村と、僕達が一番初めに聖域を作ったツリー村である。

ツリー村は神鳥《しんちょう》シムルグさんが、そしてギネア村は神鼠《しんそ》であるホイールさんが聖域を作ってくれた。

作物が豊かに実り生育がとんでもなく早いツリー村とは違い、ギネア村には山や洞穴なんかが多く、村全体でかなり高低差が激しくなっている。

鉱山資源の鉄鉱石なんかも採れたり。

将来的には村人達に製鉄技術を身に付けてもらって、鉄製品が作れるようになると嬉《うれ》しいな、なんて皮算用をしたりもしている。
ギネア村の奥に見える大きな樹は、聖域を作るにあたって僕が植えた世界樹だ。
周囲の樹々と比べても明らかに大きくなっている。
どのくらい大きくなるんだろうか。
あの世界樹も……そしてこのギネア村も。
願わくは末永く、皆が幸せでありますように。
そんなことを思いながら、僕は今日もまた一日を始めるのだった。

第一章

「……（もぐもぐ）」

「ウッディ様、おかわりは要りますか？」

「えっと、それじゃあもう一個」

僕がアイラにリンゴを剥《む》いてもらっていると、突然真剣そうな顔をしたホイールさんがこちらに駆けてきた。

「ウッディ、村に見知らぬ反応がやってきているのよ！　数は二、ウッドゴーレムでも問題なく倒せるとは思うけど、急いで準備をするのよ！」

「なんだって⁉　わかった、アイラ、行くよ！」

ホイールさんはシムルグさんほどではないが、それでも村の外のかなりの範囲の様子を探ることができる。

僕らは迎撃準備を整えるため、急いで村の外へ出る。

するとそこには同じく臨戦態勢の元婚約者であるナージャの姿があった。

金色の長い髪をなびかせ凛々《りり》しい表情をしている彼女の姿は、男である僕から見てもかなり格好いい。

けれど彼女は格好いいと言われるより、かわいいと言われた方が喜ぶ。女心というのは、なかなかに難しい。

「もし何かあったらお願いね」

「任せてくれ！」

僕もウッドゴーレムを取り出して横一列に並ばせながら、前方を見つめる。

聖域の先の砂嵐を見つめながら、その謎の人物達がやってくるのを待つ。

「一体、何者なんだろうね」

「新たな移住希望者であれば問題ないのですが……」

「それにしては来た方角が少し妙だ」

現在ギネアの北側に、集落は存在していないはず。

そのためここより北からやって来たとすれば、ギネア村に住む砂漠の民ですら知らないような場所からやって来た人達ということになる。

友好的な人であればいいんだけど……なんだか心臓がドキドキしてる。

緊張の面持ちでホイールさんが探知した方角をジッと見つめていると……砂嵐の奥に二つの人影が見えた。

その二人を見て……ハッと隣にいるアイラが息を飲む。

僕とナージャは、思わず言葉を失っていた。

やって来た人達は、今までに見たことがないほど美しい容姿をしていた。

紅の瞳《ひとみ》に、光沢のある銀の髪。

そして健康的な、褐色の肌。

けれど何よりも目を引くのは……横にピンと長く伸びた耳だ。

「あれは……エルフ？」

「いや、恐らくダークエルフだろう。エルフは純白の肌に金髪の碧眼《へきがん》と聞いている」

「ダークエルフ……耳にしたことはありますね」

僕もアイラと同じく、話に聞いたことくらいしかない。

それもエルフの中の一種族という基礎中の基礎みたいな情報しか知らないのだ。

一体なんのために来たんだろうかとドキドキしながら見つめていると、あちらもこっちの存在に気付いたようだ。

「……おかしいな、楽園はまだまだ先だったはずだろう？」

「うん、そうだと思うんだけど……」

二人は警戒を露《あら》わにしている僕達のことを見てから、その後ろに広がっているギネアの村を見て首を傾《かし》げていた。

どうやらこちらに敵意があるわけではないようだ。ホッとしていると、敵意がないことを示すように両手を挙げながらこちらに近付いてくる。

「——突然の来訪を詫《わ》びよう。あなたがこの村を治める領主殿、で間違いないか？」

「はい、一応僕が領主ということになっていますね」

厳密に言えば更にその上に父さんであるコンラート公爵の存在もあるけれど、正直に話すとややこしくなるのでその話はしないでおくことにした。

「いきなりの質問で悪いのだが、私達はこの先にあるという聖域に用があるのだ。もしよければ、取り次ぎを頼むことはできないだろうか？」

「それなら取り次ぎは必要ありませんよ。この先にある聖域のツリー村も、僕――ウッディ・コンラートが治めてますから」

「おおっ、なんと！　ウッディ殿は族長であらせられたか！　私はミリアと申しまして、一応ダークエルフの中で集落の長《おさ》を務めております」

「私はルル。ダークエルフのおしゃれ番長をやらせてもらってるよ！」

ミリアさんは切れ長の目をしたクールビューティーな女性で、ルルさんはくりくりお目々でかわいい感じの女性だった。

長はわかるけど、おしゃれ番長って一体なんなんだろう……？

「ごめんね、ウッディさん。ミリアちゃんは堅物なの」

「は、はぁ……」

「ちなみに堅物だから、彼氏いない歴＝年齢なんだよ」

「ルル、今私の男性遍歴は関係ないだろう⁉」

「は、はぁ……」

なんと言えばいいかわからず、全自動で同じ答えを返す魔道具のような反応しかできない僕。

「――んんっ！　とにかく、だ！　ウッディ殿、もしよければ私達をあなたの村の住民に加えてもらいたいのだ」

「はい、それじゃあ一度詳しい話を聞かせてください。……でもここでは砂が邪魔ですし、一度村にお越しください」

ダークエルフ達の価値観はよくわからないし、おしゃれ番長がなんなのかはもっとわからないけれど、隣人との関係は何よりも大切にしなければいけない。

それが砂漠で暮らす上での流儀だと思うからだ。

どうやらミリアさん達も敵対的な感じでもなさそうだし、交流を持てる機会は有効活用しよう。

というわけで僕は彼女達を、とりあえず落ち着けるギネア村の中へと案内することにした。

「ウッディ様」

「どうしたの、アイラ」

「また女性が増えました！　ウッディ様はハーレムを目指す気なんですか⁉　これ以上のヒロインは不要です！」

「そ、そんなこと僕に言われても……」


僕達が暮らすハウスツリーの中に入り、ゆっくりと話をすることにした。

ちなみに何かを嗅《か》ぎつけてきたのか、ホイールさんの娘のレベッカが膝《ひざ》の上に乗っかってきた。

「先ほどは取り乱してしまいすまなかった。どうもこの村を見て、興奮してしまって……」

「なるほど」

そりゃあ何もない砂漠の中に、いきなりポツンと聖域で守られた鉱山村ができていたら驚くのも当然だ。

「砂漠にダークエルフが住んでいるとは初耳だな……その耳、触っても良いか？」

「ダークエルフが耳を触らせるのを許すのは、愛する人だけなんだ」

いざという時に対応できるようついてきてくれていたナージャは、すげなく断られてしょんぼりする。

「僕の耳で良ければ触る？」

「——触るっ！」

ナージャが僕の耳をもみもみしている間に、話を聞かせてもらうことにした。

こらナージャ、僕のすぐ横じゃなくて、せめて後ろに立って。

アイラもそんなに物欲しそうな顔しないの、後で触らせてあげるから。

「北の砂漠に住む者達の間にも、ウッディ殿の村の噂《うわさ》は聞こえてきているのだ」

「どんな噂でしょう？」

「無限に水と果物が湧き出る夢のような楽園があるという噂だな」

「なるほど」

「まあ流石《さすが》にそんなことはないとはわかってるけど、念のために私達が確認しに行くことにしたんだ」

「いや、水と果物ならたしかにほぼ無尽蔵に出せますよ」

「「本当かっ（なのっ）⁉」」

驚くよな。どうやら聖域では、地脈を利用して水が湧き出てくるらしいのだ。

果物は、村人が住んでくれている限り僕が植えられるしな。

「お願いだ、ウッディ殿。私達ダークエルフを村に住まわせてもらうことはできないだろうか？」

「いいですよ」

「もちろん、そう簡単に受け入れてもらえるとは思っていない。ダークエルフ秘伝の霊薬から魔道具作りの製法に至るまで……え？」

「村に住んでもらって構いません。ただギネア村だと問題が起こった時の対応に難儀しそうなので、ツリー村に来てほしいかなと」

ダークエルフもエルフの一種族。

ギネア村の人達から見ても、ダークエルフ達から見ても相手は異種族だし、文化の違いから色々と軋轢《あつれき》が起きることもあるだろう。

けど問題が起こるからといって、困っている人達を助けない理由にはならない。

もし上手《うま》くいかなそうなら、お互い干渉し合わなくていいような場所に、ダークエルフ達だけの村を作ってもいいしね。

そういえば、ホイールさんの奥さんのキャサリンさんや娘のレベッカ達も、聖域って作れたりするのかな？

なんにせよ、既に村を運営してノウハウも蓄積されてきているから、苦労は前よりずっと少なくて済むはずだ。

「ぜひ僕の村に住んでみてください。しばらくの間の衣食住は保障しますし、合わなければ出て行ってもらってもいいですし」

「ええっ、いいのっ⁉　——やったあっっ！」

ルルさんはガッツポーズをしながら、ぴょんぴょんと跳ねる。

そして勢いそのまま、なぜか熱烈なハグをされた。

流石はおしゃれ番長だ、スキンシップが多い。

「感謝の念に堪えない……ウッディ殿、本当にありがとう」

そして落ち着いた様子のミリアさんと握手を交わす。

こうして僕の領地で暮らす村人に、ダークエルフ達が仲間入りすることになるのだった。

◇◇◇

ツリー村とギネア村を行き来するのも、ずいぶんと楽になった。

まず最初にギネア村の聖域に大量の樹《き》を植え、それを樹木配置（改）のスキルを使って並べていく。

そうして聖域ロードを使って、シムルグさん担当のツリー村付近まで道を延ばしていく。

次に同じことを今度はシムルグさんの聖域でもやれば、一本道のできあがり。

この道の通りに進みさえすれば、あっという間にツリー村だ。

最初に聖域を作れる場所を探していた時が嘘《うそ》のようなスムーズ具合だ。

魔物を迂回《うかい》するために遠回りもしたし、砂漠の中で道に迷いかけたりもしたあの時が、少し懐かしく感じてくる。

今回向かうのは僕、アイラ、ナージャの三人とミリアさんとルルさんのダークエルフ二人だけなので、数は合わせて五人。

かなり身軽に動けることもあり、あっという間に帰ってくることができた。

ギネア村の村長を決めたり、ざっくりとした税制なんかを色々取り決めたりしつつ、笑顔ポイントを溜《た》めていた期間を合わせても一週間もかかっていない。

これならわざわざ樹木間転移を使わずに、皆と一緒に帰っても問題なさそうだな。


「これが……」

「ツリー村……」

しばらくぶりに帰ってきたツリー村。

やはり世界樹はまだまだ生長しているようで、一週間前と比べてまた大きくなったような気がする。

僕からすると見慣れた、安心感すら覚えるような場所だけど、初めてこの村の様子を見るダークエルフ達からすると、そうではないらしい。

真面目そうなミリアさんとおしゃれ番長のルルさんは呆《ほう》けたように口を大きく開けて、何かを見つめていた。

なんだろうと思い目線を追ってみると、ミリアさんは真《ま》っ直《す》ぐ世界樹を見つめていた。

世界樹が気になるのかな？

エルフは世界樹の下で里を作るっていう話は以前に聞いたことがある。

もしかするとダークエルフも、エルフみたく世界樹とゆかりのある人達なんだろうか。

「もしよければ、行きますか？」

「あ……ああっ！　頼んでも良いだろうか⁉」

ものすごい勢いで頷《うなず》かれたので、ミリアさん達を案内する。

ツリー村の真ん中に立っている、他のより群を抜いて生長している世界樹。

今ではこの村で一番目を引くものになっているので、村の催しものなんかは世界樹を基点にして行われている。

相変わらずその生長は留《とど》まるところを知らず、既にシェクリィさんが牧師をやっている教会を越えてしまっている。

なので今ではこの世界樹が正真正銘、村で一番の高い樹である。

これだけ高い樹が生えていると目立って仕方ないと思うかもしれないけど、そこは安心。

不思議なことに、このめちゃくちゃ大きな世界樹だけは、村の中に入らないと見えないようになっているのだ。

正直なところかなりありがたい。

もしこのまま生長し続けたら、そう遠くないうちにうちのコンラート公爵領からも見えちゃってただろうから。

元から大きかったけれど、歩いて近付いていくと迫力はドンッ、更に倍。

幹もとてつもなく太くなっていて、栄養が全然いってないなそうな端っこの方の枝でも僕の身長くらいある。

最初は僕が両手で抱えられるくらいの大きさだったのに、なんという生長速度なんだろう。

「これほど立派な世界樹が……」

「ミリアちゃん……」

てっぺんが見えないかなぁと首を伸ばしていると、気付けばミリアさんとルルさんが世界樹に近付いていた。

彼女達はそっと、壊れ物を扱うかのように世界樹に触れた。

その横顔を、世界樹が発する光が照らす。

既に日が落ち始めているのもあり、なんだか幻想的な光景だった。

二人は大切なものを愛《め》でるように、世界樹を撫《な》でている。

そして……。

「う……ううっ‼」

「ミリアちゃん……ミリアちゃんっ‼」

二人は感極まって、泣き出してしまった！

どうかしたのかと思うが、どうやらうれし泣きらしいことは、その笑顔を見ればすぐにわかる。

僕には彼女達が泣く理由は、皆目見当がつかないけれど。

それでも二人とも、僕の村の新たな村人だから。

だから僕は抱き合う二人が泣き止《や》むまで、その幻想的な光景を眺めることにした。

……どうやらこの時の僕は、とても優しい顔をしていたらしい。

アイラからそんなことを聞かされて僕が赤面するのは、もう少しだけ先の話。

◇◇◇

「ぐす、すまないなウッディ殿、恥ずかしいところをお見せして……」

そう言いながら、ミリアさんが恥ずかしそうに顔を赤らめる。

後頭部を掻《か》きながら俯《うつむ》いている彼女の横では、ばつが悪そうにしているルルさんの姿がある。

「ごめんねウッディさん、でも世界樹っていうのは私達にとってそれだけ大切なものなの」

「なるほど……」

よくわからないが、頷いておく。

深入りしていいかわからないので、アルカイックスマイルを浮かべていようとしたけれど、ぶんぶんと首を振ってやめる。

(何を考えてるんだ僕は！　それじゃあダメじゃないか！)

気合いを入れるために、自分の頬を思い切り張る。

彼女達ダークエルフも、これからは新たな村人になる。

領地に暮らすことになる人達が、何か問題を抱えている。

であれば領主である僕には、その事情をしっかりと理解し、解決するために行動をする義務がある。

「エルフが世界樹を守っているという話は聞いたことがあるんですが、ダークエルフとも何か関係があるんですか？」

エルフが世界樹を守っているという話は知っている。

けれどダークエルフというのは砂漠に住む人達だ。

ダークエルフに、樹に囲まれた里の中で暮らしているエルフのようなイメージはまったくない。

僕は結構砂漠を歩いて回ったけれど、自分の素養を使って植えた樹以外に、砂漠でまともな樹木を見たこともないし。

「エルフとダークエルフは、元々は同じ始祖エルフという種族だったのだ」

「私達の祖先も、元を辿《たど》れば今のエルフ達と同じように世界樹の守人をしていたんだよ」

聞いてみると、なるほどと頷ける部分の多い話だった。

見た目が似ている、名前が似ている、とかそういう次元の話ではなかった。

ダークエルフとエルフは、元は同じ種族だったのだ！

同じ始祖エルフとして生きてきた彼らは、考え方の違いから今から千年以上も前に大きな戦争をした。

長く続いた争いの結果、勝ったエルフ達は以前と同様世界樹を管理することに。

そして負けたダークエルフ達は居場所を失い、聖域から追放された。

「僕達人間と同じく、始祖エルフ達も同族同士で争っていたんですね」

「うん、そうだね。結局人間もエルフも、争わずにはいられないんだと思うよ。カルマだよね、闇深だよね」

「そしてそれから長い時間をかけて、始祖エルフは二つの種族に分かれたのだ。一つは戦争や追放で人数が減った分、より強く世界樹の恩恵が受けられるようになったエルフ。そしてもう一つが……世界樹の加護を失い自分達の力で歩いていくことを余儀なくされた我らダークエルフというわけだ」

加護を失ったせいで、彼らには苦難が続くことになる。

以前よりも魔法の力が弱まり、寿命も以前と比べるとずっと短くなった。

エルフ達からは追放され加護を失った者達と軽蔑《けいべつ》され、魔法の力が弱まったせいで人間や他の亜人達からも排斥されるようになった。

居場所を失った彼らは各地を転々として、そして最終的に砂漠に辿り着いたのだという。

そんな風に、砂漠の端で細々と暮らしてきたミリアさん達ダークエルフ。

長い苦難の歴史を歩んできた彼らに垂らされた、一本の蜘蛛《くも》の糸――それが僕らのツリー村の噂だった。

噂を聞きつけて実際にやって来るのは、きっとすごく勇気のいることだったに違いない。

僕は歴史の重さも、ダークエルフという種族のこともわからない。

けれどミリアさん達のその勇気は、決して否定をしちゃダメだと思った。

「大変、でしたね……」

「――っ!?」

「僕にはミリアさん達ダークエルフが負ってきた苦労を、想像することしかできません。でもそこにはきっと、僕の貧弱な想像力なんかじゃ及びもつかないような色々なことがあったのだと思います」

色々な苦難を過ごしてきた彼らは……もうそろそろ、報われてもいいんじゃないだろうか。

僕にできることは、村を治める領主として領民を幸せにすることだけだ。

そしてそれが彼女達の救いにわずかでもなってくれればと、思うばかりである。

「改めて……ようこそ、ツリー村へ。領主として歓迎致します」

「う……ううっ！」

ミリアさんは感極まり……そして僕に抱きついてきた！

「え、ミリアさんっ⁉」

「ぐす……ふえええええええんっっ！」

まるで幼い女の子のように泣きじゃくるミリアさん。

僕はまた後で赤面するんだろうかと考えてから……その頭を優しく撫でるのだった。

第二章

「ぐす、すまないなウッディ殿、恥ずかしいところをお見せして……」

まるで以前あったことを巻き戻すかのように、同じ台詞《せりふ》を繰り返すミリアさん。

けれどずいぶんと気持ちが楽になったようで、ツリー村に入る前と比べてもなんだか明るい表情をしている気がする。

少しは役に立てただろうか。

「いえいえ、喜んでもらえたようで何よりです」

落ち着いたミリアさんとルルさんを引き連れ、僕はとりあえず村の中を歩いて回ることにした。

僕は領主として、ダークエルフが居住することを許可した。

けれどだからといっていきなり大量のダークエルフ達を呼びこむわけにはいかない。

人間同士でも住んでる場所や所属する地域の違いで争いが絶えないのだから、人間とダークエルフなら尚更《なおさら》慎重に動いた方がいい。

長い時を生きる彼らと僕らでは、物の見方や考え方、文化や風習……そういったありとあらゆるものが違うはずだし。

なので僕は、段階的にツリー村とダークエルフが交流していく形を取ることにした。

とりあえずまず最初は、様子見がてら、ミリアさんとルルさんにこの村に住んでもらう。

そしてそれで問題がなければ、向こうから比較的考えが柔軟な若い子達を連れてきてもらい……そして最終的には、ダークエルフの皆に移住してもらうという想定でいる。

僕的には、ダークエルフの集落まで行ってあちらに世界樹を植えるという形でもいいんだけど、それだと新たな聖域を作ることはできない。

彼らは大きな世界樹と、世界樹と神獣が守る聖域をとても大切にするという考え方らしく、まず間違いなく全員がこちらに移住を希望するだろうという話だった。

まあでも、それはまだまだ先の話。

まずはミリアさんとルルさんに、この村に慣れてもらわないとね。

「というわけで、まずは村長のシェクリィさんに会いに行きましょう。その後でシムルグさんのところにも行ってみましょうか」


シェクリィさんへの挨拶《あいさつ》は問題なく終わり、僕らはシムルグさんのいるウィンドマスカット園へと向かっていく。

その間に僕はせっかくだからと、いくつか収穫袋からフルーツを出してみた。

「よければ食べてみますか？」

「う……うむ、いただこう！　郷に入っては郷に従えというやつだ！」

ギネア村からツリー村までの聖域ロードを通る間、ミリアさんとルルさんは僕らが食べていたフルーツを一つとして食べなかった。

彼女達が食べていたのは、自分達で持ってきていた魔物の干し肉だ。

かなりの量の塩が使われていて、一口食べただけで眉間《みけん》にしわが寄るくらいの驚くべきしょっぱさだった。

「これからは食べてもらうことになるでしょうから、どうぞ遠慮なく」

なんでもダークエルフ達の文化の一つに、本当に信用のできる人からしか飲食物をもらってはいけないというものがあるらしい。

彼らがまだ種族も分かれることなく始祖エルフだった頃、当時の重鎮達が相次いで毒殺された事件がありできた文化らしい。

「も、もちろんウッディ殿を信用していないわけではないぞ⁉　ただ私は、本当に……生まれてからほとんど、誰かから食事をもらったことがないんだ」

ダークエルフ達の中には狩猟文化があり、獲物は獲《と》った人のものという風習がある。

その二つが入り組んだ結果、彼らは自分が獲った魔物だけを食べる生活が続いているらしい。

ただもちろん、あんなしょっぱいお肉だけを食べていたら身体《からだ》に悪い。

いくらダークエルフが長生きとはいえ、ツリー村に住んでもらうからには、しっかりとフルーツも食べてもらわないと！

「それでは……いただきます」

ミリアさんは恐る恐る、僕が取り出したモモを口に運ぶ。

しゃくり、とまだ熟す前の少し固めのモモを食べたミリアさん。

「う……美味《うま》いッ‼」

ミリアさんは目を見開き――そしてあっという間に、平らげてしまった。

「そ、そんなに美味《おい》しいの？」

「ルルさんもどうぞどうぞ」

続いてルルさんも一口。

「お……おいしいいいいいいいいっっ‼」

バクバクとフルーツを食べ出す二人を見て一安心。

どうやら僕の植えた樹《き》に生《な》った果物は、ダークエルフさん達にも十分通用するらしい――。


フルーツを沢山食べてお腹《なか》を満たしてから、シムルグさんのところへやってきた。

事情を聞いたシムルグさんは、ふむふむと言いながら翼で自分の頬をぺちぺちと叩《たた》いている。

そしてそのままくるくると旋回しながら、ミリアさん達のことを観察していた。

「たしかに彼女達は、ダークエルフで間違いないのであるな……」

「おお、これが神鳥《しんちょう》シムルグ様……」

「なんだか神々しい感じがするね……」

二人は神妙な面持ちで、シムルグさんのことを見つめていた。

どことなく身体が強張《こわば》っていて、緊張しているように思える。

一応ギネア村でホイールさん達にも会ったんだけど、あんまり長い時間話すこともできなかったしね。

それにあっちは大家族と、その大黒柱の飲んべえなお父さんって感じだから、あんまり威厳とかはないしな……。

「しかしダークエルフとは……ウッディは相変わらずめちゃくちゃなのである」

「なんだか成り行きで、来てもらっちゃいました」

「そんな成り行きがあってたまるか！　……と言いたいのはやまやまなのであるが……世界樹に関連した素養である以上、エルフ達と関わりが生まれるのも必然、か……」

ミリアさん達の空気に当てられてか、シムルグさんの方も至って真面目な顔を作っている。「ウィンド系のフルーツをもっと作ってほしいのである！」とバサバサ翼を振って駄々をこねていたシムルグさんと、果たして同一人物なのだろうか。

「ウッディ、ダークエルフと関わりを持つようになるのなら、エルフの干渉があることも考えるべきであろう」

「エルフの干渉、ですか？」

「うむ。恐らくそう遠くないうちに、エルフ達も異常を検知し、ここへやって来ることになると思うのである」

なぜエルフ達が……と疑問を浮かべる僕に、シムルグさんが懇切丁寧に教えてくれる。

聖域を作るために必要な構成要素は三つ。

人、魔力、そして神獣。

けれどこの三点セットが揃《そろ》っていても、それだけでは聖域は作れない。

聖域生成のために必要になってくるのが、世界樹だ。

シムルグさんが言うには、世界樹は三つを繋《つな》げる潤滑油のような役目を果たしている、ということらしい。

神獣の力が相当に強ければ、世界樹はなくてもいいようだ。

けれどそれだけの力を持つ神獣というのは、ほとんどいないんだとか。

いたとしても、めったに人里に出てくることはないらしい。

だから世界樹というのが、非常に大事になってくる。

そして『植樹』の素養でめちゃくちゃ簡単に植えられるから麻痺《まひ》しがちだけど、本来世界樹というのは非常に貴重な樹だ。

世界樹を使えば大気や地脈から魔力を吸い取り、それを様々な形で還元することができる。

元盗賊の兵士達から邪気を抜いて改心させたり、オアシスを生み出したり、ギネア村なんかだと鉱山ができたり……。

それは聖域で暮らす人にとっては非常にありがたい話なんだけど、本来の魔力の流れを変えてしまう。

世界樹や地脈について造詣《ぞうけい》が深いエルフ達は、何か異変があることに間違いなく気付くだろうとシムルグさんは言った。

「ダークエルフがいるとわかったら、エルフ達はどんな対応をするでしょうか？」

「あまりいいことにはならないのは間違いないだろうが、今すぐ答えを出す必要もないのである。ゆっくり考えてから結論を出した方がいいと思うのである」

「それもそうですね、ありがとうございます」

かつてはエルフとダークエルフは、始祖エルフという一つの種族だった。

けれど今より千年以上も昔に、両者の間で争いが起こった。

長い争いの末にエルフ達が勝利を収め、ダークエルフ達は森を追い出されてしまったのだという。

いずれやってくるというエルフ達。

彼らに対して、僕らは一体どんな対応を取るべきなのか。

どうせならエルフ達とも、仲良くできたらとは思うんだけど……。

こればっかりはやってくるまでに、色々と準備をしておくしかないか。

たしかに今すぐ答えを出す必要もないし。

とりあえずミリアさん達が不安を覚えなくて済むように、準備だけはしておこうと心に決めるのだった。

◇◇◇

「おはよう！」

「おはよ～」

ミリアさんとルルさんがやってきた次の日。

何か不自由はないかということで、領主邸に彼女達を呼び出していた。

二人とも顔色は悪くない。

フルーツをたくさん食べたおかげか、血色も昨日より良くなったような気がする。

「うむむ……すまんな、昨日はあまり寝れなくて……」

「ベッド、合ってませんでしたか？」

「いや、そんなことはないぞ！」

その顔を見る限り、問題は起こっていないようだ。

それならどうして？　と思ったけれど……どうやらはしゃぎすぎて、寝不足なだけらしい。寝心地の方は、まったく問題なかったようだ。

それなら良かった。

「むしろウチなんかより安心できたよね。私の心の中のエルフの部分が喜んでたよ」

「ああ、たしかになんとなくわかるな。樹の中で眠っていることに、どこか安心するというか……」

どうやらダークエルフの中にも、樹や森に対する親近感のようなものは残っているらしい。

砂漠の中で寝泊まりすることより、自然豊かな森の中なんかにいた方が、安心できるようだ。

「けれど……ふふっ、ハウスツリーで寝泊まりをしていると言ったら、爺《じい》様達も驚くだろうな」

「えっ⁉」

はにかむミリアさんの言葉を聞いて、驚くのは僕の方だ。

それを見てミリアさんも驚き、僕らは目を大きく見開いたままで視線を交わす。

「どうした、ウッディ殿⁉」

「いえ、ミリアさんはハウスツリーを知ってるんですか？」

少なくとも僕は自分がハウスツリーを出せるようになる前、そんな樹があることは知らなかった。

これもエレメント系の樹と同様、相当にレアなものだなぁくらいの認識しかなかったんだけど
……もしかして結構、メジャーな樹だったりするのかな？

「――ふむふむ、なるほど……」

ミリアさん曰《いわ》く、ハウスツリーというのはエルフ界では大分ポピュラーなものらしい。

世界樹の里で暮らすエルフ達の家と言われてまずイメージするのは、後ろにある世界樹の景観を壊さないよう、どこか樹のようなデザインの家々だ。

あれらはどうやら、ハウスツリーを長年かけて品種改良することで、生み出したものらしい。

「といっても、そこら辺の詳しい話を知っているのは爺様達の世代くらいまでだがな。自分の父や祖父から直接話を聞けてるのが、そこら辺の世代までなので」

「私達からすると、そんなこともあったんだなぁってくらいの遠い話だよね。ふふ、でも今では多分、ダークエルフ唯一のハウスツリー民だよ！」

ハウスツリー民というのがなんなのかはよくわからないけど……ルルさんが楽しそうだからいっか。

でもそれならもしかして、世界樹の里を僕が作ることもできたりするのかな？

僕が作った場合、そこに住んでいるのはダークエルフになるわけだけど。

「じゃあ、またあとでね～」

ルルさんに見送られながら、僕とミリアさんはシムルグさんが管理しているエレメントフルーツ園へと向かう。

ルルさんは流石《さすが》おしゃれ番長なだけのことはあり、なかなか皆に溶け込むのが早かった。

一体何をどうやったのか、既に彼女は若い女の子達のリーダー的な存在になりつつある。

「ここは私に任せて先に行って！」

という頼れる仲間みたいな台詞を口にするルルさんを置いて進んでいく。

実は今朝、シムルグさんから呼び出しを受けたんだよね。

シムルグさんが自分から僕を呼びつけるのは珍しい。

だから何事かと身構えていたんだけど、彼の口から飛び出して来たのは、意外な言葉だった。

「ウッディ、一つ思いついた……というか、考えたことがある。ウッディの持つ世界樹の実を……ミリア達に食べさせてみてほしいのである」

「え、えっと……問題はないんですけど、なぜでしょうか？」

「聖域が持つ浄化作用は、世界樹の実にもある。というか、それを更に濃縮させたようなものがな。それを使えばもしかすると……ダークエルフにも再び世界樹の加護を与えることができるかもしれないのである」

「世界樹の加護……ですか？」

話を聞いてみると、世界樹の加護を受けているエルフ達というのは全員、身体のどこかに加護を受けていることを示す聖印というものができるのだそうだ。

一方、里を追い出されたダークエルフ達には、その聖印を持つ者が存在しないのだという。

聖域の、魔物が寄りつかなくなる魔を祓《はら》う効果と、盗賊達が改心しやすくなるような浄化作用。

この二つを併せ持つ世界樹の実を与えれば、もしかすると長い時間をかけて身体が変質してしまったダークエルフ達も、以前のようにその身体に聖印を宿すことができるかもしれないということだった。

なるほど、そういうことならぜひとも食べてもらおう。

今のところ売るわけでもないし、神獣様が食べるっていってもたかがしれてるから、ストックは問題ないし。

「というわけで、どうぞ」

「お、おお、なんと神々しい……」

黄金に光る、世界樹の実。

最初はこれでなんとか飢えをしのいでいたっけ。

これ一つ食べるだけで丸一日何もいらなくなるから、今は忙しい時に栄養食感覚で食べることも増えたけど……なんて考えているうちに、ミリアさんがシャクッと実を食べる。

するとなんと……ミリアさんの身体が、世界樹の実と同じ金色に輝き出したのだ！

「こ、これはっ……!?」

光が収まった時、そこには——。

自分から出た光をまぶしがっているミリアさんの姿があった。

加護を再度手に入れられた……なんて上手《うま》いことには、どうやらいかないみたいだ。

一応不自然にならないように肌が露出している部分を見ていると、変化に気付く。

「……あっ、ミリアさん、そこ！」

よく見ると、ミリアさんの背中が、うっすらと光っている。

模様が出ているわけじゃないけど、これってもしかして……。

「シムルグさん。これは世界樹の加護が戻ったってことなんでしょうか……？」

「……魔力の流れを見たところ、加護が戻ったわけではなさそうなのである。だがわずかに、俗世の魔力に染まったミリアの身体が清められているようには思える」

「ということは、もしかして……？」

このまま世界樹の実を食べてもらっていれば、ミリアさん達ダークエルフも加護を取り戻すことができるのでは……？

そんな僕の言外の意味を汲《く》み取ったシムルグさんは……大きく頷《うなず》いた。

「うむ。どれくらいの時間がかかるかはわからぬが、恐らく再び彼女達が以前と同じように世界樹の守護者として活動することもできるだろう」

「そうですか……とりあえずなんとかなりそうで、良かったです」

「もっとも、気長に取り組むべきことなのは間違いないのである。正直なところ、ウッディが生きている間になんとかなるとは思わない方がいいかもしれないのである」

「なるほど、そうなるとやっぱり、将来的にはどこかにダークエルフの里を作った方が良さそうですね……」

「ふむ、ウッディもなかなか遠い先を見ているのであるな」

同じ種族である人間同士ですら争い合うのだ。

人間とダークエルフとなれば、仲良く手を取り合うまでには色々と問題も起こるだろう。

僕が領主をできている間はそれでもいいが、綺麗《きれい》な見た目に反してミリアさんもルルさんも何十年という年月を生きている。

彼女達ダークエルフの面倒を見るということは、今後僕がいなくなっても生きていけるよう、自活のための手伝いをするということでもある。

僕がいなくなったらそのまま路頭に迷う……なんてことは避けたいしね。

「とりあえず先だっては、世界樹を剪定《せんてい》する技術者が必要なのではないか？」

「ですね。そのあたりのことは、ダークエルフさん達にお任せするつもりですけど」

世界樹の実の価値は、人間界ではとんでもない。

多分何十個かフルーツを輸出すれば、それだけでコンラート家なんかは目の色を変えてここを襲ってくると思う。

だから正直、今まで世界樹の実は処分することもできず、溜《た》まる一方だった。

お金に目が眩《くら》んで横流しでもされたりするのも怖かったから、非果樹タイプばかりを植えてきた。

けれどここで、ダークエルフ達にとって、世界樹の実が非常に大切なものだということが判明した。

なのでこの際、ダークエルフ達に世界樹の管理を一任してしまうというのはどうだろうか……というのが、僕のアイデアだ。

自分達の身体を清めるために必要となれば、ダークエルフの皆も横領しようなんてよこしまな考えは抱かないだろうし。

元が同じだっていうのなら、ダークエルフが世界樹の管理をしたってなんにも問題はないということになる。

「ちょ、ちょっと待ってくれ！」

ビシッと手を挙げるミリアさんは、明らかにテンパっている様子だ。

目を白黒させながら、水瓶に映った自分の背中を見て汗を掻《か》いている。

「す、すまんウッディ殿。何が起こっているのか、教えてくれるとありがたいのだが……」

……いけないいけない、つい先走っちゃう癖が出てしまった。

当人達を置き去りに話を進めちゃいけないよね。

というわけで僕らは、世界樹の実を食べて起こった変化と、ダークエルフ達の今後について説明をした。

このまま行けば最終的には、彼らは世界樹を守るエルフとして再び世界樹の加護を得ることができるだろうということ。

だから僕らの村の世界樹のお世話を、ダークエルフにしてもらいたいということ。

そしてゆくゆくはどこか別の場所に、ダークエルフ達が暮らせるようなダークエルフの里を作ることも視野に入れているということ。

「……」

ミリアさんは僕の話を、噛《か》み締《し》めるように聞いていた。

そして俯《うつむ》いたまま、黙ってしまった。

地面に、ポタポタと染みができていく。

「ウッディは悪いやつなのである な！　また女の子を泣かせているのである」

そうからかいながら言うシムルグさん。

僕だって泣かせたくてやってるわけじゃ……と言い返そうとした時だった。

ミリアさんは顔を上げて、

「ほ、本当に……ウッディ殿は、ひどいやつだっ！　ウッディ殿なしではいられないようにするつもりかっ⁉」

顔を上げるミリアさんの目から、涙がこぼれ落ちていて。

それでも彼女は、笑っていた。

くしゃっと崩れたその笑みはなぜだか、恐ろしいほどに整っている普段の顔よりも、魅力的に見えた。

こうしてミリアさんとルルさんはひとまず、ツリー村の世界樹管理の任を負うことになるのだった。

◇◇◇

ルルさんが村に馴染《なじ》むのは、驚くほどに早かった。

「ルルちゃんは偉いねぇ、それに比べて最近の若い子達ときたら……」

「あはは……でもアミルちゃんも彼女なりに結構頑張ってるからさ。年長者なんだし、長い目で見てあげなくちゃ」

「たしかにそうかもしれないねぇ」

特に村の老人達と馬が合うらしく、今ではルルさんがお年寄り達と若い子達の橋渡し的な存在になっている。

ちなみに彼女は感性が若いからか、若い女の子達からも厚い支持があるみたい。

おしゃれ番長の名は、伊達《だて》ではないのだ。

「でもルルさんはすごいな、年齢はわしなんかよりずっと……」

「……（ぎろり）」

「な、なんでもございません」

けれどルルさんには年齢のことは御法度なようで。

うっかり口を滑らせた人は、しばらくの間村での肩身が狭くなるような状況になってるらしい。

嘘《うそ》でしょ、ルルさんのツリー村での発言力、強すぎ……？

そしてミリアさんの方はどうかと言うと、彼女は男人気が非常に高く。

ルルさんとはまた少し違った形で、村の人気者になっていた。

ミリアさんの見た目は、男装の麗人といった感じだ。

キリッとした瞳《ひとみ》をして、態度はしゃんとしていて、そして腰には立派な剣を提げている。

皆の前で見せる顔は、僕を前にぼろぼろと泣いていた時とは別人のように凜々《りり》しい。

「ミリアさん、こうですかっ？」

「いや、違うな。それだと身体の軸がブレている。もっとこうして、身体が真っ直《ます》ぐになるように
――」

ナージャが警戒するよりも早く結界をすり抜けて僕の前に現れたことからもわかるように、彼女の身体能力は非常に高い。

ダークエルフは元は始祖エルフという、強力な魔法を使いこなしていた種族の子孫にあたる。

世界樹の加護を失ったことでその力は大きく減じてこそいるものの、彼らは未《いま》だにほとんど全員が、魔法を使うことができるのだという。

中でもダークエルフがとりわけ得意なのは、身体強化の魔法だ。

彼女の驚異的な瞬発力の秘密は、魔法にあったのである。

彼女はその力を遺憾なく発揮していて、現在は自然と村にいる兵士や若者達に戦いの指南をするような立ち位置にいた。

今も絶賛指導中である。

「こうしてもっと握りを深くしてだな……」

「は、はひっ⁉」

ミリアさんが後ろから手を重ね、姿勢や剣の握りの指導をする。

されるがままの村人君は、ガチガチに緊張していた。

ダークエルフはかなり特殊な亜人ではあるけれど、ミリアさんは元々がかなりの美人であるため、受け入れられるのは早かった。

ちなみに今の彼女は、毎日世界樹の実を食べることで少しずつだけど背中のあたりに模様が浮かび始めているらしい。

シムルグさんはかなりの時間がかかると言っていたけれど、こうして見ているとあと数か月もしたら聖印が浮かびあがりそうな気がする。

そんな美人の密着指導がタダで受けられるとあって、現在ミリアさんの講習は大人気になっている。

驚くべきことに応募してくるのは女性も多く、講習を受ける男女の割合は六対四くらいだ。

ちなみに元盗賊の兵士達も、ミリアさんの指導には参加している。

今や完全にエレメントフルーツを使いこなせるようになっている彼らだけど、エレメントフルーツだって無限に持てるわけじゃない。

フルーツを温存したりする必要もあるので、近接戦闘能力は磨いておいて損はないのだ。

「……？　どうかしたか？」

「なんでもありませんっ！」

顔を真っ赤にしている村人君を見ても、ミリアさんが何かに気付いた様子はまったくない。

というのも彼女、どうやらかなりの鈍感らしく。

人からの好意に、まったくといっていいほどに気付かない。

自分の見た目にも無頓着《むとんちゃく》だったりするし、他人からどんな風に思われているかとかを、全然気にしてない感じなのだ。

人間の何倍も生きるダークエルフだからこそ、そのあたりの感覚が僕らとは全然違うんだろうな。

この辺は文化の違い、というやつなのかもしれない。

とまあこんな風に村の中のポジションがなんとなく固まってきた二人ではあるけれど、当然ながら世界樹管理の任もしっかりとこなしてもらっている。

それに伴い、世界樹を一つの場所にまとめてしまい、世界樹林を作ることにした。

このおかげで管理が大分楽になり、今ではミリアさんとルルさんが交替で問題なく管理を行うことができている。

そして少しでもミリアさんからの好意を稼ぐためか、近頃は自発的に世界樹の警備を申し出る人の数も増えてきた。

当人は村人からの信頼が得られたと喜んでいるだけで、本心に気付いていないのが残念である。

タイクーンウルフ討伐でほとんどすっからかんになってしまった笑顔ポイントだけれど、直近でダークエルフの来訪以外はそこまでポイントが入り用になる事態もなかったので、それなりに溜まってきている。

エレメントウッドゴーレムの生産という強力な手札のおかげでようやく僕にも戦闘手段ができたわけだけど、あれはたしかに強いものの燃費が悪い。

あまりむやみにポイントを使うわけにもいかないので、僕は旦那《だんな》の稼ぎをせっせとタンスにしまう主婦よろしく、コツコツとポイントを溜めていた。

ギネア村とツリー村の二つから笑顔ポイントが溜められるようになったこと。

そしてどうやら皆の僕への感謝の気持ちが大きくなったこと。

この二つの相乗効果で、僕は今毎日７００ポイントくらいをもらうことができている。

フレイザードウッドゴーレムを出すのに必要なポイントが７０００なので、十日に一フレイザードという計算だ。

だが、なんやかんやで警備用のゴーレムを生産したり、装備拡充のためにエレメントフルーツを作っていたりしていると、思っていたよりなかなかポイントは溜まらず。

ようやく７０００ポイントが溜まったというところで、僕は再び植樹に集中することにした。

その目的は一つ。

色々とやることがあってできなかった植樹レベルのレベルアップだ。

樹を百五十本ほど植えると、久しぶりに僕の目の前に光の板が現れた！

【植樹量が一定量に達しました。レベルアップ！　植樹が可能な新たな樹木が解放されます！　樹木守護獣のスキルを獲得しました！】

「まずは久しぶりの樹木の確認っと……」

スキルの内容は気になるけど、まずは新たに手に入れることになった樹木の確認だ。

僕が植えられる樹は、そのまま村の交易品になるわけだからね。

【植える樹木を選んで下さい】

世界樹（果樹タイプ／非果樹タイプ）

モモの樹

リンゴの樹

梨の樹

桑の樹

柿の樹

栗《くり》の樹

ブドウの樹

ビワの樹

マンゴーの樹

ハウスツリー

ライトツリー

ファイアツリー
ウォーターツリー
ウィンドツリー
アースツリー
ホーリーツリー
ダークツリー
ウッドゴーレム

ふむふむ、と上から下に視線を滑らせていくと、途中で見慣れぬ文字列が。

ホーリーツリーとダークツリーか……。

「ほいっと」

とりあえず『植樹』を使って植えてみる。

ホーリーツリーは真っ白な樹だった。

樹皮が白く、少し太めの白樺《しらかば》みたいな感じの見た目をしている。

うっすらと光ってはいるけれど、ライトツリーのように眩《まぶ》しい感じじゃない。

魔道具のランプのような、うすぼんやりとした感じの白い光がこぼれだしてるって感じ。

対し、ダークツリーは真っ黒な樹だ。

樹皮もダークマターでできてるんじゃないかってくらいに真っ黒。

こちらは面白いことに、闇を生み出していた。

ダークツリーの周囲の空間が黒ずみ、少しだけ暗くなっているのだ。

今までに見たことがない反応なので、興味深い。

もう何本か植えてみて、詳しく調べてみることにした。

どうやらこの樹には、周囲の光を吸う力があるみたい。

樹の周りの空間が暗くなるのも、それが原因のようだ。

樹を何本か隣り合わせにすると、光を吸う力は強くなる。

どうやらこの樹の力は、重複するみたいだ。

その証拠に樹をギュッと一ヶ所に集めると、空間が真っ黒になり樹の姿が見えないほどになった。

試しに手を入れてみると、まるで手だけが切り取られてしまったみたいに何も見えなくなる。

普通にホラーだった。

引っこ抜いて手があった時には正直ちょっとホッとしたよね。

(あ、それならもしかして……)

同じタイミングで出たし、もしやと思ってホーリーツリーの方でも実験をしてみたら……ドンピシャ。

予想通りホーリーツリーの効果も、重複させることが可能だった。

近くに樹々を集めると、目を開けていられないくらい強い光になったのだ。

ライトツリーよりキツい。

前に見た、閃光《せんこう》弾より強い光かもしれない。

今回の二つの樹は、明るくする樹と暗くする樹。

直接的な戦闘能力や果物的な価値はないけど、かなり有用そうな樹だ。

エレメントツリーと同じような感じで、交配をさせてエレメントフルーツにしていく中で色んな使い道が見つかりそう。

たとえば、光をばらまいて相手の目くらましをしたりもできるだろうし、闇を作ってこちらの姿を消すこともできる。

これは……サンドストームの皆の装備拡充が捗《はかど》りそうだ。

これ以上強くなっても、正直あまり意味もない気もするけど……いざという時のために、強くなっておいて損はない。

「よし、それなら次は樹木守護獣のスキルの確認だね」

樹木守護獣、と念じてみると脳内に文字が浮かんでくる。

【召喚可能な樹木守護獣】
ファイアキャット
ウォータードッグ
ウィンドピッグ
アースモール

とりあえず上からということで、ファイアキャットを召喚してみることにした。

パッと光が瞬いたかと思うと……目の前に一匹の猫が現れる！

「みゃあお……」

「わっ、かわいいっ！」

今まで僕のすぐ後ろで影に徹していたアイラが、思わず叫ぶ。

けどその気持ちもわからなくはない。

だって猫、普通にかわいいもん。

サイズは……僕が知ってる成体のものより少し大きいかな？

体色は茶色がかった黄色で、身体には虎みたいな縞模様《しまもよう》が入っている。

前脚を舐《な》め、濡《ぬ》らした前脚で顔をくしくしとやっているその姿は正に猫そのもの。

これが……樹木守護獣？

まあたしかに、獣ではあると思うけど……。

確認してみると、使った笑顔ポイントは10だった。

とりあえず近付いていってみる。

猫の中には自分のパーソナルスペースを侵されると嫌がる子も多いけど、どうやらこの猫はそうではないらしい。

近付いていき、撫《な》でてみる。

身体を撫でると、豊かな体毛に指先が沈んだ。

「おお……もっふもふだ」

「もっふもふですねぇ」

「ごろにゃあん！」

僕とアイラが二人でなでなでしていると、猫ちゃんがごろごろと喉《のど》を鳴らす。

どうやらまんざらでもなさそうなご様子。

とりあえずは、人なつこそうで何よりだ。

でもこれだと、ただの愛玩《あいがん》動物だ。

皆の癒やしにはなるかもしれないけど……樹木守護獣なんて大層な名前がついてるんだから、きっとまだ何かあるよね？

というわけで、世界樹を一本植えてみる。

すると猫ちゃんが、世界樹の方にテクテクと歩いて行った。

猫背な四足歩行で辿《たど》り着《つ》いた猫ちゃんが、そのふにふにっとした肉球で、世界樹にぽむっとスタンプを押す。

すると世界樹に、肉球のようなマークがついた。

焼きごてで押されたみたいに、少しだけ黒く変色したのである。

【樹木守護獣が登録されました】

光の板が現れ、何が起こったのかを伝えてくれる。

なるほど、これで樹木守護獣が登録されたと。

木と樹木守護獣を紐付《ひもづ》ける感じなのかな……？

幸い笑顔ポイントにはまだまだ余裕があるので『植樹』を使いながら試してみる。

するとどうやら、樹木守護獣は十本まで樹を登録することができるらしいとわかった。

でも登録したから、なんになるのかな……？

色々やってみたが、猫ちゃんが守護に目覚めたりとかすることもなく、ただ樹に肉球マークがつけられただけだった。

これが何を意味しているのかは、いまいちわからずじまいだ。

「あ、そうだ。ファイアキャットって言うくらいだから、火は出せるの？」

「みゃっ！」

ブワッと、ファイアキャットの全身を炎が包み込む。

少し離れたところからでも熱を感じるので、どうやらかなりの高温なようだ。

口から火炎放射をしたり、炎の球を出したりすることもできるみたい。

とりあえず、ウッドゴーレム達と同じように村を守るために戦ってもらったりできそうだ。近接戦はエレメントウッドゴーレム達に任せて、属性にあった守護獣達と連携して戦わせるのが一番良さそうだ。

「それなら他の守護獣も見ていこうか」

「わんっ！」

「ぶぅっ！」

「きゅうっ！」

「わあっ、全部かわいいです！」

水を出せるわんこと、風が身体の周囲を回っている豚さん、そして地面を掘り掘りするもぐらさん。

新たな三種類の守護獣達を樹木守護獣として登録しようとすると、新事実が判明した。

一本の木につき、登録できる守護獣の数は一匹までだったのだ。

まあだからどうというわけではない。

とりあえず四匹それぞれに上限一杯の十本の樹を登録してもらう。

それぞれのマークは犬が犬耳、豚さんは豚の鼻、もぐらさんは鋭い爪だった。

なんにせよ、これでまた新たな戦力が増えたぞ。

一体どこと戦争するんだというくらいにどんどん強くなっていくけど……細かいことは気にしたら負けだよね。

村の皆は、彼らを気に入ってくれるかな。

——あ、そうだ。ハウスツリーの守護獣として登録しちゃえば、一家に一匹ペットを置くみたいな感覚で皆の家に守護獣を置けるんじゃ……？

僕はこのアイデアを実行すべく、村の皆を呼び出して守護獣のお披露目会をすることを決めるのだった。

◇◇◇

攻める時には戦略が重要だ。

それは相手が軍であっても、村人であっても変わらない。

戦う時に、相手に情けをかけてはいけない。父さんの教えの一つだ。

なので僕は一切の良心の呵責《かしゃく》なく、戦略的に村人達を攻めていくことにした。

「というわけで、彼らが樹木守護獣です」

「にゃんっ」

「わんっ」

「ぶぅ」

「きゅっ」

にゃんこはぺろぺろと前脚を舐め、わんこははふはふ言いながら舌を出し、豚さんは鼻をふごふごと動かし、もぐらさんはひょいっと土から顔を出す。

「「「かわいい〜〜‼」」」

僕がまず最初に狙うことにしたのは、村の女性陣と子供達である。そのために追加で守護獣を召喚しておいた。

一家に一匹、樹木守護獣をつける。

防犯や戦力上必要なことではいえ、これを強制しては将来禍根が残る可能性がある。

ペットの面倒を見るのはなんやかんやで結構大変だし、手間もかかる。

これを上からの命令という形で無理矢理させてしまえば、抵抗があるのは想像に難くないからね。

けれどこうしてまず、かわいいものには目がない奥様方と子供を抱き込んでしまえばどうだろう。

樹木守護獣達は、生み出した僕から見てもかなりかわいい。

そして彼らは天然かわざとかはわからないが、あざとかわいい。

その魅力に抗《あらが》えずに気に入ってしまえばあとは簡単だ。

子供とママ、一家の過半数が賛成に回れば、現実的な考え方をするパパさんであっても受け入れざるをえない。そして一度家で飼い始めれば最後、パパさんも守護獣の魅力にメロメロになってしまうだろう。

ふっふっふ……自分の戦略眼が恐ろしい。

冴《さ》え渡りすぎて、自分でも怖くなってくるくらいだよ。

「アイラ、ウッディはまた悪人ごっこをしてるのか？」

「ええ、もう本当に……仕方のないお人です」

こっそりとほくそ笑んでいると、後ろから声が聞こえてくる。

気付けばナージャも、この樹木守護獣のお披露目会にやってきたようだ。

「ええいっ！　新妻感を出すな！」

「新妻感、ではありません。長年連れ添った熟年夫婦感を出しているのです」

「そ、そんなのもっとダメだ！」

舌戦を繰り広げ始めたナージャ達を意識から外し、皆と動物達の触れ合いを観察する。

「にゃあんっ」

「わあっ、猫さんかわいい！」

「喉のあたりを触ってみるといいわよ、ほらこうやって……」

「ごろごろ言ってる！」

どうやらファイアキャットが一番人気のようで、既に待ちの行列ができ始めていた。

ツリー村には、猫派の人が多いみたいだ。

「……ぶぅっ」

「お鼻が濡れてる！　かわいい」

「瞳《ひとみ》、意外とつぶらなのね……」

意外なことに、二番目はウィンドピッグだ。

口コミから人気が広がる味で勝負するスイーツ店のように、じわじわと人が増えている。

豚さんと触れ合えるという体験がかなり珍しいようで、思っていたよりも大分感触がいい。

犬派の僕は犬が一番人気だと思ってたんだけど、これは予想外だった。

でも、犬が三番人気なんてことがあるんだろうか。

ペットとしてポピュラーだし、人気もかなり高いと思うんだけど……。

首を捻《ひね》っていると、口げんかを終えたアイラ達が帰ってくる。

ナージャの方はウォータードッグを抱き、アイラはファイアキャットを頭に乗せていた。

「砂漠にはサンドドッグがいるからな。犬に対するイメージがあまり良くないんだろう」

「……なるほど、それは盲点だった」

砂漠にいる魔物に、サンドドッグという犬型のやつがいる。

数も多く獰猛《どうもう》で、弱い者いじめを楽しむような嗜虐《しぎゃく》性もある、残忍な魔物だ。

そのイメージがついている分、砂漠の人達には犬の受けがあまりよくないみたいだった。

「……きゅう」

そして圧倒的不人気だったのは、アースモールだった。

さっきは爪を高々と掲げていたけれど、今はしょぼんとしている。

どんよりとした様子で、地面に爪で絵を描いていた。

あれは……自画像かな？

結構特徴を捉《とら》えていて上手い。

しょぼくれた様子のもぐらさんの背中を撫でていると、ファイアキャットを抱えた女の子がやってきた。

「ウッディ様、この子達は何を食べるんですか？」

「基本的にフルーツならなんでも食べるよ。ただ一応、好物は自分の属性のエレメントフルーツのことが多いかな」

お披露目会で来そうな質問にはあらかじめ回答を用意していたので、すらすら答えることができた。

たしか猫や犬なんかは食べられない物も多かったはずだけど、そこらへんは流石守護獣。

基本的にどの子も雑食で、食あたりを起こしそうな食材もバクバク食べてたけど、何も問題は起きなかった。

自分の属性のエレメントフルーツが好物なのは、シムルグさん達と同じようだ。

ちなみにホイールさん一家は、皆土のエレメントフルーツが好きだったりする。


こうしてお披露目会は無事に成功。

ツリー村で暮らす人達の家には、一家に一匹樹木守護獣を置くことになった。

実際に選ばれた守護獣は多い順に、ファイアキャット、ウォータードッグ、ウィンドピッグ、アースモールの順番だった。

やっぱり飼うとなると、犬は強かったみたい。

そしてアースモールの圧倒的不人気……選んだのは、わずかに二世帯だけだった。

もぐらさん……強く生きて……。


無事に樹木守護獣のお披露目会が終わったので、おうちに帰ることにした。

「うふふふふ、今日は久しぶりにゆっくりできますね」

空を見上げてみれば、たしかにまだ日は暮れていない。

本当ならもっと時間がかかると思っていたので、今日は他に予定を入れていない。

アイラの言う通り、少しくらいはゆっくりできそうだ。

あ、ちなみに僕は今、アイラとナージャに左右の腕をがっちりと掴《つか》まれている。

もう逃がさんぞといわんばかりの力強さには、思わず苦い笑みが浮かんでしまう。

「ウッディ、もう逃がさんぞ」

まさか、心の声とまったく同じことを言われるとは想像していなかった。

ナージャの万力のような力に脂汗を掻《か》きながら、家路を歩いて行く。

対抗して、アイラも腕に力を込めてきた。

僕は握力の計測器具じゃないから、あんまり力強く握らないでほしいよ。

でもこれもきっと二人なりの甘え方なんだと思うので、これも男の甲斐性《かいしょう》だと思いなんとか歯を食いしばって耐える。

二人とも、ここ最近あまりプライベートな時間を取れていなくてストレスが溜《た》まっているみたいだからね。

家に戻ってから、少し小腹が空《す》いてきたのでおやつタイムを取ることにした。

とりあえず、フルーツを皆でつまむ。

「マンゴーは甘みが強くて好きだぞ！」

「あら、どうやらお子ちゃまの舌ではビワの繊細な甘みに気付けないようですね」

「もちろんビワも大好きだ！」

新たに生育することが可能になった果実も大好評だ。

特にマンゴーは皆からの人気も高く、既に植えてほしいという嘆願がいくつもきている。

アイラに皮を剥《む》いてもらったマンゴーを食べる。

この果物は、歯の裏にくっつくようなねっとりとした食感が特徴だ。

「はいウッディ様、あーん……」

「あーん……うん、甘みが強烈だね」

果実に含まれた水分が、噛《か》む度に口の中で弾《はじ》ける。

一度味わうと他の果実では物足りなくなるくらいに甘い。

食べすぎたら病気になるんじゃないかというほどの甘さだ。

たしかにこれは、熱望する人達が多いのも頷《うなず》ける美味しさである。

僕は自分で植えられるようになるまで、マンゴーを食べたことがなかった。

頭の中の記憶を掘り返してみても、一度も食卓に並んだことはなかったと思う。

少なくとも王国で生育しているという話は聞いたことがない。

恐らくは寒帯気候か熱帯気候で育つ果樹なんだろう。

もちろん確証はないけど、以前バカンスに行った時に見たことのあるウルシの木に似ているので、熱帯気候な気がしている。

「ウッディ、一度口直しをしてからビワを食べるんだ」

「もちろん」

ナージャに手渡されたフルーツティーを飲んでお口直しをしてから、ビワを齧《かじ》る。

繊細な甘みは最初は物足りなさを感じるけれど、その分さくさくと食べ進めることができる。

ちなみにビワは、一部の層から支持を受けていたりする。

僕が植えられる果樹から採れるフルーツの中では一番甘みが少ないんだけど、甘すぎるものがきついという ご年配方から好評なのだ。

「できれば果物のシロップなんかが作れたらいいんだけどね」

フルーツそのままというだけではバリエーションが少ないということで、現在手すきの時に、フルーツを使った特産品を作れないか色々と試作をしている。

フルーツティーの次は、フルーツだけで作れるシロップを目下制作中だ。

甘みがかなり強いから、上手く濃縮させることができればなんとかなると思うんだけどね。

「ウッディ様、大丈夫ですか？」

「え、そんな変かな？」

「……（スッ）」

アイラは何も言わず、僕に手鏡を渡してくる。

そこには大きな隈《くま》をつけた男の、ふやけた顔が映っていた。

領主の毎日というのは、実は結構忙しい。

税の徴収から皆の陳情の受付、裁判の判決から揉《も》め事《ごと》の仲裁まで非常に多岐にわたっている。

ちょっとやること多すぎじゃないかな、と思わなくもない。

毎日朝から晩まで仕事をしても終わらずに溜まっていく一方と言えば、このキツさがわかるだろうか。

最近は睡眠不足気味だったせいか、それはもう酷《ひど》い顔をしている。

「今日は早めに寝よう……」

「昨日も同じことをおっしゃってました（きっぱり）」

「うぅ……」

ばっさりと言い切られてしまっては唸《うな》るしかない。

けど現状のままだと、僕の睡眠不足の問題は解決しない。

ここにいる人達は基本的に砂漠暮らしが長く、王国式のやり方を知らない人ばかり。

文官どころか、補佐ができるような人も一人もいない。

数字に強い人が一人くらいいれば、楽になるんだけどな。

「……あ、そうか」

僕は思い出した。

以前、ギネアの村人達の素養を見ていた時のことだ。

そこにたしか『数学者』の素養を持っていた人がいたはず。

彼女に仕事を覚えてもらえば……税務面での処理をお願いできるんじゃないだろうか。

というわけで思い立ったが吉日、早速ギネアに飛んで……。

「――ダメです、今日はゆっくり寝てください。仕事は逃げませんから」

「あ、はい……」

◇◇◇

現在僕が領主を務めるツリー村とギネア村の住民は前者が百二十人、後者が百人といったところだ。そこに常駐する警備のサンドストームや現在更生中の元盗賊達が四十人ほどいるので、大体合わせると二百六十人くらいになる。

ダークエルフのミリアさんや行商人のランさん達なんかも含めると、結構な大所帯になってきた。

これだけ多いと、素養を持つ人の数もなかなかに増えている。

一緒にいても僕にはできることがないけれど、今では助手を手に入れて人手を増やすことにしたシェクリィさんには、元盗賊達の改心と同時並行で新たに村人になってくれた人達の素養の確認もしてもらっている。

先日その結果を見て驚いたんだけれど、魔法を始めとする戦闘系の素養を持つ人の数が飛躍的に増えていることがわかったのだ。

前は前衛は『剣士』の素養を持つダンと『海賊』の素養を持つメグ、後衛は『火魔法』の素養を持つフィオナちゃんと『水魔法』の素養を持っているマクレー君の四人だったけれど、これが今では前衛が六人、後衛が五人とどちらも倍以上に増えている。

中でもやはり気になるのは『剣豪』の素養を持つカルート君と『聖魔闘術』を持つダリル君だ。

二人の力は既にかなりのものであるらしく、ナージャによってサンドストームの小隊長に抜擢《ばってき》されている。

ちなみにダリル君はツリー村では珍しいもぐらさん愛好家でもある。樹木守護獣にアースモールを選んだ二世帯のうちの一人が彼なのだ。

「もぐら、かわいい……」

「きゅうっ！」

ダリル君はかなり寡黙な子なのであまり口を開くことがない。

だがどうやらもぐらさんにはゾッコンのようで、既に村中でもぐらと戯れる彼の様子が何度も目撃されているという。

そしてもちろん素養というのは戦闘系だけではない。

僕の『植樹』のように何かを生み出す生産系の素養や、純粋に元あった能力に大きな補正がかかる特化系など、実に様々だ。

あ、ちなみに分類された素養の中には繋《つな》がりがあるものも多いため、この分け方は正直、完全に区分けができているとは言いがたい。

たとえばアイラは『水魔導師』という戦闘系の素養を持つけれど、これは魔法を使う際の知力や魔力操作に補正を掛けるため、特化系の側面も併せ持っている。

今回僕が出向こうとしているのは、その特化系の一つである『数学者』の素養を持つマトンの家だ。

「というわけで、行ってくるね」

「ウッディ様、本当に私がいなくても大丈夫ですか？　十日ほど我慢していただければ、私が気合いでギネアまで……」

「その気持ちは嬉《うれ》しいけど、樹木間転移で行けばすぐだからさ」

樹木間転移は一人しか移動させることができない。

以前アイラとナージャを連れて行こうとしたら「【植樹レベルが足りません】」って言われちゃったんだよね。

今の生活は身軽なのはいいんだけれど、アイラやナージャ達に不便をかけてしまっているのはなんとかしたいところだ。

そんな風に考えて、樹木間転移を使おうとした時、僕はとある変化に気が付いた。

【転移する樹木を選んで下さい】

選べる樹木の中に、ピカピカと光っているものがあったのだ。

その違いはどこにあるのか、考えればすぐに答えは出た。

「樹木守護獣が守護している樹が、光ってるんだ……」

その変化を確かめる意味も込めて、樹木間転移を実行してみる。

試しにアイラと一緒に飛ぼうとすると……次の瞬間、僕とアイラはギネアにやってきていた。

「え……ウッディ様、これは……？」

「うん、どうやらようやく、誰かと一緒に転移ができるようになったみたい」

驚いた様子のアイラ。

転移を初めてした時は、僕もかなりびっくりした。

当時は僕もこんな顔をしてたんだろうかと思いながら、アイラと一緒に目的地へと向かうことに。

「マトン、いる？」

「あ、はい～。今開けますので、しばしお待ちを～」

ノックをすると、中から声が聞こえてくる。

どうやら中にいるらし……。

どんがらがっしゃーん！

……始めたの、本当に片付けだよね？

中から聞こえてくるの、ものすごい轟音《ごうおん》なんだけど。

「ウッディ様、私が中を見てきましょうか？」

「……うん、お願い。もしかしたら事故現場みたいになってるかもしれないし」

アイラが断りを入れてから中に入る。

ハウスツリーの中に入った彼女の悲鳴が聞こえてから、今度はパタパタと規則的な音が聞こえてくる。

彼女の水魔法による洗浄が行われているらしく、ドアの隙間から水がこぼれてくる。

それらが乾き、大体三十分ほどが経過してからようやく入室の許可が下りた。

「いやぁ、お待たせしました」

てへ、という感じで頭をポリポリと掻《か》いているのがマトンだ。

視力が悪いため分厚い瓶底メガネをかけていて、着ているのは穴あきやほつれの目立つカーディガンである。

ズボラ女子である彼女の後ろには、アイラの涙ぐましい努力の結晶（とんでもない量のゴミやガラクタ達）が置かれている。

それらからは目を逸《そ》らし、僕は早速マトンに本題を告げることにした。

「マトン、もしよければ僕の領地の官吏をやってみてくれないかな？」

「官吏ですか……？」

「うん、ちょうど今人の手が足りてなくてさ」

「でも私、完全に未経験ですけど……」

「それでも素養があるから、普通の人より伸びが違うはずだよ。やってもらうことは税計算を始めとした事務処理がメインだし」

マトンの素養は『数学者』。

きちんとやり方を仕込むことさえできれば、僕よりはるかに高速で税なんかの処理ができるようになるのは間違いない。

素養については、実際に色々と調べてみなくちゃわからないことも多い。

基本的に素養というのは千差万別で、同じ名前の素養だったとしても『剣士』の素養を持っている人達の強さというのは結構バラッキがあったりするんだよね。

『数学者』は身近にいない素養だったし、今後同じ素養持ちが出てきた時のことも考えて、彼女には色々と調査やテストなんかも受けてもらっている。

おかげでマトンがこの素養を手に入れてから、明らかに論理的な思考能力や計算能力が上がっているとがわかっている。

結果だけ言えば、マトンはめちゃくちゃ優秀だった。

彼女は今までまともな教育を受けていなかったと思えないほどにできがよく、スポンジが水を吸い取るように知識を吸収し、あっという間にインテリの仲間入りを果たした。

ちなみに家がめちゃくちゃ汚いのは、片付けなんかをしている暇があれば何かに没頭した方がいいからという理由らしい。

計算能力が上がり論理的な思考能力が向上したことで、家が汚くなる……こんな汚部屋になっちゃうのなら、少しくらい非論理的な考え方ができる方が、人って幸せなのかも。

「今マトンは、まともに働いていないよね？」

「え……ええはい、働きたくな……働いているやつはバカ。働かなくて済むのならその方がいいことなんて、自明の理です」

……頭いい人ってみんなこうなの？

つまりこう思ってない僕はバカってこと？

ダメだ、なんだか頭がこんがらがってきた。

どうしてマトンの頭にはこう極端な二択しかないんだろう。

「働かなかったらいずれ食べていけなくなるよ？　今後交易のことを考えたり、村の人達のことを考えたりする上で、無尽蔵にフルーツは渡さない方がいいんじゃないかってことになってきてるし」

「――えっ、それは困ります！」

実はここ最近、マトンみたいにフルーツ食べて生きていければそれでいいや、みたいな刹那《せつな》的な考えをする人が増えてきている。

もちろん全体で見れば少数派ではあるんだけど、そういう人って得てして他の人にもあんまり良くない影響を与えちゃうからさ……。

他人の勤労意欲を削《そ》ぐ人達を、これ以上量産するつもりはない。

なので僕は段階的に、フルーツを採り放題ではなくすつもりだ。

自由に採らせるんじゃなくて、配給制に移行するつもりなのである。

もちろん飢え死になんかさせるつもりはないけれど、今みたく適当にフルーツを食べるだけでのんべんだらりと生きていける状態をあまり長く続ける気はない。

ギリギリ食べることはできるけれど、自分で働かないと余裕はない……そんな状況を作り、なるべく皆に働いてもらいたいというのが今の僕の目標の一つだったりする。

なんにもせずぐーたらっていうのが悪くはないという意見はその通りだと思うけど……やっぱり人間、仕事の一つでもした方が良い人生になると思うんだよね。

そんな僕の考えを聞いたマトンは、ブルブルと身体を震わせていた。

「は、働く……働くって、何？」

急に労働に関する記憶だけを失ったように、うわごとを繰り返している。

「働きたくないでござる！　働きたくないでござる！」

かと思ったら急に駄々をこね出した⁉

マトンは家の中でゴロゴロと転がりながら、手足をバタバタと動かし始める。

「ガキじゃないんですから働きなさい、この穀潰《ごくつぶ》し」

アイラは冷めた瞳《ひとみ》で、グズるマトンに軽蔑《けいべつ》の眼差《まなざ》しを向けている。

「うぅ……ぐすっ、わかりました。働きます！　働けばいいんでしょう！　あーあ、働けって言われなければもっとちゃんと働いたのにな！」

謎の言い訳をするマトンだったが、どうやら何もしないでぐーたらし続けることには若干の罪悪感も抱いていたらしく。

彼女は無事官吏見習いとして、僕お付きの初の文官として就職することになった。

あれだけ嫌がってたから、まともに仕事をしてくれないんじゃないかな……という僕の予想は、良い意味で裏切られることになる。

働くのが嫌なマトンは、僕の予想の斜め上の形で仕事をし始めたのだ。

◇◇◇

「ウッディ様、もしよければ文官用の仕事場を作ってくれませんか？　屋敷の中にスペースを宛《あて》がってくれるなら、それでも問題ないですが……」

マトンが僕にそう言ってきたのは、今から一週間くらい前のこと。

僕は彼女の要望を叶《かな》えるため、少し大きめの庁舎を建てることにした。

そこで新たなハウスツリーを色々と弄《いじ》っていく中で、また新たな発見があった。

どうやら樹木守護獣は、スキルだけじゃなくて樹木の力もパワーアップさせてくれるということがわかったのだ。

樹木守護獣を事前に登録したハウスツリーと他の樹を交配させると、今までより大きな建物が作れるようになったのである。

おまけに樹木守護獣の意志をある程度反映することもできるらしく、今まではまるっとくりぬいた大部屋がメインで一辺倒だった家の中の間取りを、ある程度弄れるようになったのだ。

けれどそこには、樹木守護獣の性格が反映されてしまうため、完全に家主の思い通りという感じにもいかない。

完全に画一化された建て売りか、完全には自分で自由に作ることができない注文住宅。

どちらがいいかと言われたら、正直前者を取る人の方が多いだろう。

なのでチャレンジャーな一部の例外の人を除いて、ハウスツリーを立て替えてくれという注文はほとんど来ていない。


閑話休題。

そんなわけで僕は、アースモールが守護するハウスツリーとアースツリーを交配して新たな仕事場を作ることにした。

一応隣に宿舎も建て、更にもぐらさんと協議の上で仮眠スペースなどもしっかりと置いておくことにした。

自画自賛ながら、立派な建物ができたと思う。

そして今日はその仕事場の竣工《しゅんこう》記念日。作製期間はなんと驚きの一日！

できた新たな職場を祝うため、マトンには最近徐々に生産量が増えてきているワインをプレゼントすることにした。

「ありがとうございます。それでは次に、この村に住んでいる住民のリストをください」

最初は彼女のやりたいようにさせようと思っているので、僕は言われるがままリストを手渡した。

そうしたらしばらく待っていてくださいと言われたので、僕はとりあえず王国式に行っている出納簿を彼女に任せて、各種の陳情処理に移ることにした。

そしてそれから一週間後、事態は驚きの展開をみせていたのだ！

◇◇◇

マトンのために文官用の職場と宿舎を作ってから一週間後。

気になっていたけれどなかなか踏み込めずにいた僕は、手すきの時間ができたので彼女の下へ向かうことにした。

「ウッディ様、お疲れ様です」

「うん、お疲れさま」

中に入ってみると、マトンの部下らしき人が三人ほど仕事をしていた。

どことなくぴっちりとした服を着ていて、お堅い役人といった風情がある。

そろばんを弾いたり、困ったような顔をしている人相手に話し合いをしていたりと、皆しっかりと働いている。

けれど肝心のマトンの姿だけが見えなかった。

「ねぇ、マトンはどこにいるの？」

「ああ、マトンさんならあちらの事務室で……」

「ふわあぁ……」

言い切るより早く、事務室のドアが開く。

そしてそこからは、一週間前と変わらぬ様子のボロボロの服とボサボサの頭のマトンが出てきた。

大きくあくびをして目からは涙を流していて、頭の後ろの方はぴょんっと跳ねている。

というかあれって、もしかしなくても……寝癖だよね？

「ねぇマトン、もしかして今まで寝てた？」

「イエッサー！」

いや、そんなに元気に挨拶《あいさつ》を返されたところで、寝てたという事実は変わらないからね？

「私は寝てても何も問題はないのです」

「なぜですか？　あなたがサボっていてはウッディ様の過労はなくならないのですが？」

少し苛立《いらだ》った様子で告げるアイラの頭上に、氷柱《つらら》が生じる。

そのまま放たれれば、マトンはただではすまないだろう。

けれどそれでも彼女は変わらぬ様子で、あくびをしながら告げた。

「私抜きで処理ができるシステムを構築したからです」

「それは……どうやって？」

話を聞いてみると、マトンはこの一週間しっかりと働いていた。

まず最初に、彼女は二日ほどの時間をかけてツリー村にいる人達の基礎的な学習状況や得意・不得意な分野について調べ上げた。

そして次に、その中でもなんらかの理由があって働けていなかったり、職場との反りが合わず上手く実力を発揮できていない人を見つけ出した。

そして彼らを引き抜くために、スカウトを行い、仕事を割り振った。

現在役所にいる三人は、それぞれ計算能力、コミュニケーション能力、折衝能力の高い人間を集めたということだ。

「あとは彼らに税金関係の処理と村人の陳情、起こった紛争の調停をそれぞれ任せます。彼らは自分が得意な分野であれば才能を発揮できますので、私は最終的に資料を纏《まと》めるだけでいい。つまり実際にことが終わるまでは、こうして寝ていればいいというわけです。この状況を作るまでに一週間かかりましたよ……我ながら働きすぎです」

それだけ言うと、マトンは再び昼寝をしに行ってしまった。

「ウッディ様、あれでいいんですか？」

「うん、いいんじゃないかな。僕の仕事は結果的に減ることになるわけだし」

「けれどそんなに上手くいきますかね……？」

アイラは懐疑的だったが、それから僕に降りかかってくる仕事の量は驚くほどに減ることになる。

「はぁ、私が間違っておりました。自分が楽をするために他人を使う……マトンはたしかに、文官として一流の働きをしております」

なかなか自分の間違いを認めないアイラがそう口にするほどに、僕の健康状態も目に見えて良くなり、色々と他のことを考えるだけの余裕ができるのだった。

そしてマトンは以前と大して変わらない、ぐーたらと眠っては時たま働くという生活を続けるのであった……。


マトンのおかげで財政面や領地経営に関して大分楽ができるようになってきた。

今では自分の時間もしっかり取れるようになり、今まで狭まっていた視界が大きく広がったような感じがする。

あっぷあっぷしていた状態から脱せたおかげで、今まで気にかける余裕のなかったところに目が向くようになる。

「それじゃあ一緒に行こうか」

「はい」

「もちろんだ！」

樹木守護獣が守護している樹を選択することで、今では僕以外の人を樹木間転移させることもできるようになっている。

おかげでギネアでも、一人で過ごさなければいけないこともなくなり、以前より気軽に行き来することができるようになっている。

僕はアイラとナージャと一緒に、ギネア村へと転移するのだった――。

ギネア村は神鼠《しんそ》ホイールさんの力を使うことで、ツリー村とはまったく違った形の発展を遂げている。

ツリー村はシムルグさんが聖域としたことでオアシスが生まれ、草木が芽吹き、結界のおかげで気温なんかも調整されるようになり、通常より早いスピードで作物が育つようになった。

ではギネア村ではどうなっているのかというと……。

「おぉ……少し見ないうちにずいぶんと大きくなってるな……」

ナージャが見つめる先にあるのは、聖域ができた当初は小山だった鉱山だ。

今では近場からだと、見上げなければ頂上が見えないほどの高さにまで成長（この表現が正しいのかはわからないけど）している。

ギネア村は、村の中心部に鉄鉱山があるような形になっている。

山はツリー村の世界樹ばりにすごいスピードで大きくなっており、そのてっぺんには世界樹があり、ギネア村の人々の生活を見守るように立っている。

既に採掘も始まっているらしく、中に入っていく人達の姿が見える。

ホイールさんの話では、鉄以外にも色々な金属が採れるようになるって話だ。

もちろん鉱山だけではない。

このギネア村の方がツリー村より土壌の栄養素がいいようで、作物の生長が早い。

またその関係か、ツリー村では育ちにくいジャガイモのような根菜類なんかも育ってくれている。

ただ野菜や穀物の生長と引き換えになのか、フルーツが育つスピードはこちらの方がゆっくりになっていた。

どの樹も大体一日に一つほどに落ち着いている。別にこれでも、普通の果樹と比べたら全然早いんだけどさ。

ツリー村とギネア村の収穫高を合わせれば、余所《よそ》に売りに行っても余るくらいの食料生産高は確保できる。少なくとも人口増に伴う食料不足問題は、よほどのことがない限りは起こらないと思う。

「道ができていますね。これは……コンクリートですか？」

聖域を弄る力は自分の方がシムルグより上だと豪語していたホイールさんの言葉は誇張でもなんでもなかった。

ギネア村の中の主要な道は、ホイールさんによって舗装がなされている。

ゆくゆくはこれを、ツリー村と繋《つな》げることができたらなんて話もしている。

もしどちらかが占拠された場合軍事利用される可能性があるから、少なくともまだまだ先の話ではあるんだけどさ。

「ただなんというか……男臭いな」

「まあホイールさん自体、結構熱血って感じだからねぇ……」

ツリー村は世界樹の光に包まれたいかにも幻想的な村だけど、ギネア村は見た目は地味だ。

おまけに鉄鉱山がある関係上どうしても鉄臭い匂いがするし、鉱山労働者なんかも多いのでそこに汗の匂いが混じったすごい香りになっている。

最近ギネアでは娼館《しょうかん》なんかもできているらしく、その男っぽさは留《とど》まるところを知らない。

ちなみにホイールさん自身が陣頭に立って、鉄鉱石の発掘なんかをしたりもしているんだって。

おかげでホイールさんは愛されマスコット兼頼れる兄貴として親しまれているとかいないとか

……。

「っと、今回の目的を果たさなくちゃね」

僕達がギネア村にやってきたのは、ギネア村に暮らす素養持ちの村人達の処遇について話し合うためだ。

現在ギネア村の防衛は、僕が生み出したウッドゴーレムによって成り立っている。

そのためギネア村の戦闘系素養持ちの人達は、他の人達と変わらぬ仕事内容をこなしてもらっている。

他の素養持ちの人達の中にも、ツリー村の方が力を発揮できそうという人もいる。

僕の力で簡単に行き来が可能になったおかげで、彼らにツリー村への移住という選択肢を与えることができるようになった。

王国に近いツリー村に彼らを置くと問題が起こる可能性はあるけれど、それを言ったら何もできなくなっちゃうし。

折角の戦力をだぶつかせ続けるのももったいないしね。

彼らの処遇を決めるのが、今日の一番の目的なのだ。

僕らは早速、素養持ちの人達に集合してもらっている会議室へと向かうのだった。

「こんにちはー……」

ドアを開き、会議室の中に入る。

漢達《おとこ》が密集し、むわっとした匂いに頭がくらくら……なんてことはなく、中にいる割合は、男性と女性が大体半々くらいだった。

　年齢は十代前半から三十代後半まで実に様々だ。

「「ウッディ様、こんにちは‼」」

　そのあまりの声量に、思わず耳の奥がきぃんとする。

　皆は僕の姿を見つけると、一斉に立ち上がり頭を下げていた。

　なんというか、ノリが体育会系だなぁ。

　今回集めるにあたって、事前にある程度話を通しておいてもらえるよう、村長のデグジさんにはお願いしてある。

　なので話は、実にスムーズに進んだ。

「ぜひサンドストームに入隊させていただければと思います！」

「自分もです！」

　ここに集まっている素養持ちの数は、合わせて十二人。

　驚いたことに、十二人全員がツリー村への移住を希望していた。

「ギネアでの力仕事で頼られるのはもちろん嬉《うれ》しいんですが……せっかく素養があるので、自分の力がどれくらいのものなのか確かめてみたいんです」

「もしダメだとしても、ギネア村に戻ることも可能ですよね？　でしたら一度試してみた方がいいのかな、と……」

　なるほど、たしかにせっかく素養を持っているなら、使ってみたいと思うのが人情というやつかもしれない。

ウッドゴーレムだけで防衛が賄えているため、彼らが戦闘経験を積める機会というのはほとんどない。

彼らにはギネアの村で普通の仕事に従事してもらっているけれど、魔法の素養があるのにまったく関係ない仕事をしていたら、たしかに不満も溜《た》まるよね。

彼らが言っているように、樹木守護獣による強化によって既に複数人の転移も可能になっている。

笑顔ポイントには余裕があるから、彼らにお試しでツリー村に来てもらうことも問題なくできるはずだ。

複数人の転移自体、植樹レベルを上げれば使えるようになる機能みたいだし、レベルが上がれば今後は僕が転移させるのももっと簡単になるだろうし。

「というわけだけど……アイラもナージャも、お手柔らかにね？」

「わかってますよウッディ様。それはいわゆるフリというやつですね？」

フリじゃないです。

……というフリでもないからね？

お願いだよ？

「ふふふ、わかってますから……」とわかってますｂｏｔと化したアイラ。

口許《くちもと》だけはすごくいい笑顔なのだが、目の奥は全然笑っていない。

彼女に任せて本当に大丈夫だろうか。

実績はあるから問題ないはずなんだけど、なぜだか不安になってくる。

「わかっている。つまり壊さない限り、何をしてもいいということだろう？」

「ナ、ナージャの方もお手柔らかにお願いね……」

　バキバキと手の骨を鳴らしながら意気込むナージャ。

　彼女の方はサンドストームを鍛え上げる時に結構むちゃくちゃしていた前科があるので、より心配だ。

　戦闘系の素養があるとはいえ彼らは元々普通の領民なんだから、あんまりひどいことをしたらダメだからね？

　ブートキャンプとか絶対にしないようにね？

「任せておけ、私が一流の戦士にしてやるぞ、くくく……」

　任せたらマズいことになりそうな笑みを浮かべながらナージャが胸を張っている。

　な、なんだか心配になってきたな……。

「僕の目の届かない範囲でやられるとちょっと不安だから、今回は僕も二人の訓練の様子を見させてもらうことにしようかな」

「「その言葉を待ってた（ぞ）‼」」

　どうやら二人は最初から僕を巻き込むつもりだったらしい。

　い、一杯食わされちゃったな……。

　でもジンガさん達合流組の素養持ちがどうなってるかとか、ダンやフィオナちゃん達の初期組がどうなってるかは気になってたんだ。

　この機会に一度、皆の様子を確認しておくのはありかもしれない。

　というわけで僕は二人にせかされる形で、樹木間転移を使ってギネア村の素養持ちをツリー村へと飛ばしていくのだった。

◇◇◇

無事にツリー村に全員を転移させた僕は、まずはナージャと一緒に近接戦闘組の様子を見ていくことにした。

「ウッディ様、私がいなくても達者でやるんですよ……」

「そんな今生の別れみたいな言い方しなくても、後ですぐ合流するんだし……」

「ウッディ様はわかっていないのです！　置いていかれる私が一体どれだけ寂しい思いをしているか！」

だんだんっと地面を叩《たた》くアイラのことは放置して、先に進む。

「おいウッディ、流石に無視はかわいそうなんじゃ……」

「ナージャ、あれをよく見てみて」

僕が指さした先――アイラの周囲は微妙に湿っており、よくよく観察してみると服が汚れないように薄い水の膜ができているのがわかった。

手の込んだ演技をしたところまでは良かったけれど、服を汚さないように気を付けすぎたのが失敗だったね。

ナージャがハッとした顔をすると、アイラはむむむ……と唸《うな》りながら演技を止《や》めた。

「というわけでお願いね」

「……不承不承ながら、引き受けました」

アイラには、先に魔法組の人達の案内をしてもらう。

彼らはサンドストームとは違ってアイラの直弟子という形になるので、諸々《もろもろ》の面倒を兄弟子となるフィオナちゃんやマクレー君達に見てもらうつもりだ。

「よし、それじゃあ行こう！」

ギネアから連れてきた皆と向かう先は、サンドストームの皆が使っている宿舎である。

宿舎はツリー村の東の端っこの方に位置しており、あまり人目につかないような場所に建っている。その理由は二つある。

エレメントフルーツを使った危ないフルーツ兵器なんかを使うので、なるべく人に迷惑をかけないように少し離れた場所に作ったというのが一つ。

そして二つ目の理由は住民感情を意識してというものだ。

サンドストームに所属している兵士達は、素養持ちを除くとほとんどが盗賊上がりで改心した人達ばかりだ。

中には志願して入隊した人もいるけれど、その数は全体からすれば微々たるもの。

彼らのことはもちろん僕も信頼しているし、村の人達からも頼れる兵士兼狩人《かりゅうど》として認められつつはあるんだけれど……まだ完全に信頼を得られているわけじゃない。

いずれは好きなところに住んでもらえればと思うけど、今はまだ時期尚早な気がしている。

こういうのは急いでこちらがお膳立《ぜんだ》てしてもろくなことにならないから、長い目で見ていこうかなと思っているよ。ちなみにこれは、ナージャも同じ意見みたいだ。

「とりあえず彼らにはサンドストームと同じ内容の訓練を受けてもらうつもりだ」

「さっきも言ったけど、あんまり扱《しご》きすぎないようにしてね」

「もちろんだとも！　そこら辺のさじ加減は　既にあいつらで学んできたからな！」

にっこりいい笑顔でそんなことをぶちまけてくるナージャ。

さじ加減を学ぶ実験台にされてしまった兵士の皆に、僕は心の中で合掌をした。

「お久しぶりです、ウッディ様！」

「ぜひ見学していってください！」

僕達の姿が見えると、サンドストームの皆は快く歓迎してくれた。

「それならまずは、お前達の力を見せてもらおうか。もちろん、自主練はしていただろう？」

「はい、もちろんです！」

ナージャの発破に応えるように、ギネアから来た皆が自信ありげに胸を張る。

それを見てナージャはにやりと笑う。

「よし……カディン！」

「——はいっ！」

「いっちょ、もんでやれ」

「もちろんでさ！」

彼女に釣られるように、前に出てきたカディンもニヤリと笑う。

そして模擬戦をすることになったんだけど……結果だけ言えば、カディンの圧勝だ。

素養持ちの皆はほとんど為《な》す術《すべ》もなく、　方的にやられてしまっていた。

「「「はあっ、はあっ……」」」

こっぴどくやられ、地面に転がされている村人達。

カディンは特に素養を持っていない。

それにエレメントフルーツも使わない、純粋に木剣を使った模擬戦だ。

だというのに素養持ちを相手にしても一歩も引けを取らないどころか、ほとんど何もさせずに完封してしまった。

膝《ひざ》立ちになったり、地面に仰向《あおむ》けになって横になっていた村人達の下へナージャが歩いて行く。

彼女は毅然《きぜん》とした表情で胸を張りながら告げた。

「お前らが今戦ったカディンは、戦闘系の素養を持っていない！　これがどういうことかわかるか⁉　――徹底した鍛練とやる気さえあれば、素養がなくともいっぱしの兵士にはなれるということだ！」

ナージャの言葉に、ハッとして立ち上がる彼ら。

まだまだ未熟ではあるけれど、彼らはたしかに兵士の顔をしていた。

この調子なら問題はなさそうだ。

「何より肝要なのは走り込みだ！　お前らの顔を覚えてもらうためにも、ランニングコースを十周する！　お前ら、私についてこい！」

ナージャに引き連れられる形で、新兵になった素養持ちの皆が走り出す。

去り際、ナージャはこちらを見てパチリとウィンクをした。

どうやらあとは任せろということらしい。

それならお言葉に甘えて、次はアイラのところに行かせてもらうことにしよう。

◇◇◇

僕がやってきたのは、アイラが教えている練習場だ。

エレメントフルーツ同様、あまりにうるさくて苦情がきては練習できなくなるので、サンドストームの宿舎近くの辺鄙《へんぴ》な場所に設置している。

ちなみに彼らは別に元盗賊でもなんでもないので、普通に村の中で暮らしている。

どんな風にやっているのか気になったので、気付かれないように近付いてみることにした。

アイラはナージャと違ってそこまで気配に敏感ではないので、バレないように潜入することができた。

「私はあの脳筋とは違います。魔法使いにとって練習で根を詰めても意味はありません。あくまでも理論立ててやらなければ意味はないのです」

現在魔法系の素養を持つ人間は五人いる。

ギネアからやってきた素養持ちは五人なので、合わせて十人になった。

今回新たに加わってくれるのは、『土魔法使い』や『風魔法』の素養持ちだ。

もちろん皆自分の素養を知るまでは魔法の訓練なんかしたこともないので、今日初めて魔法を覚えることになる。

「というわけでまず最初は魔力の確認から……今まで感じたことのない感覚に戸惑うこともあるで

しょうが、安心してください。魔法使いは誰しも通ってきた道です」

僕は少しだけ懐かしさを感じながら、皆と一緒に魔法の初歩の初歩である魔力感知をやってみることにした。

――実は魔法という技術は、そこまで習得難度が高いものではない。

専用の教師を雇ってみっちりと修業をつけてもらえば、魔力さえあれば素養持ちでなくとも魔法を使うことはできるのだ。

実際僕も、素養がわかるまでは素養持ちの教師から魔法を習っていた。

おかげで僕は火と水の魔法を使うことができる。といっても火魔法は種火を出すだけだし、水魔法はちょろちょろっと水を出せるだけ。おまけに一度やるとすぐへとへとになってろくに動けなくなってしまうので、まともに使えるレベルではない。

素養を持つ人間とそうでない人間とでは、魔力量と魔法習得の速度が文字通り桁《けた》が違う。

素養持ちは素養を授かるだけでドカンと魔力量が増えるし、まるで忘れていたものを思い出すかのように凄《すさ》まじいスピードで魔法を習得していく。

たとえばアシッドは今まで魔法のまの字も知らなかったけれど、『大魔導』の素養を授かると同時に大量の魔力を手にし、四属性全ての上級魔法を放つことができるようになった。

（うーむ……これが実力の差ってやつかぁ……）

僕が体内にある魔力を感知しようとあくせくしている間に、新たにやってきた人達も含めて後衛組はあっという間に魔力感知のステップを終えてしまっていた。

あの調子でいけば、今日中には問題なく魔法が使えるようになるだろう。

（ま、やっぱり僕には魔法の才能がないみたいだけど……どうしてだろう、前ほど悲しくないみたい）

祝福の儀で授かる素養によって、その人の人生は大きく変わる。

僕は魔法系の素養を受け継ぐことはできなかったけれど、代わりに『植樹』の素養が手に入った。

失ったものと得たものはどちらもあったけれど……僕は今、魔法が使えなくてもまったく悔しくなかった。

きっと得たものの方が多いからこそ、こんな風に感じることができるようになったんだと思う。

（それに僕の素養があれば、皆を笑顔にすることができる。それはきっと戦うだけの才能があることよりも、ずっと素敵なことで……）

僕は基本的に、誰かと戦ったり争ったりすることが嫌いだ。

だから僕には『植樹』くらいのほほんとした素養が合ってるんだと思う。

この素養がなければ、こうして彼らが魔法使いとして羽ばたき始めることもなかった。

そう思うとなんだか感慨深い。

「ウッディ様、いらしていたのですか？」

「わあっ⁉」

ぼうっと考え事をしていたら、いつの間にかアイラに背後を取られていた。

どうやら僕には、隠密《おんみつ》の才能もないらしい。

「ないない尽くしの僕だけど……これからもよろしくね、アイラ」

「もちろんです。誠心誠意、お仕えさせていただきます」

こうして素養持ちの村人達の確認作業も無事に終わった。

けれど彼らを見ているうちに、少し疑問が湧いてきた。

（そういえば……ダークエルフには、素養ってあるのかな？）

気になり始めると他のことが手につかなくなってしまう質《たち》なので、僕はすぐに樹木間転移を使い、世界樹の下へと向かってみることにした。

◇◇◇

「ミリアさん、お久しぶりです」

「ウッディ殿こそ。息災でしたか？」

「ええ、おかげさまで」

挨拶《あいさつ》もそこそこに本題を切り出す。

僕は人間の事情しか知らないから、ダークエルフを始めとする亜人達の素養事情に関してはほとんど未知数だ。

なので聞いてみたのだけれど、返ってきたのは意外な答えだった。

「スキルのことですか。それでしたら基本的にダークエルフにスキル持ちはおりません」

素養……もっと砕けた言い方をすればスキルとも呼ばれるこの力を、ダークエルフは持っていないのだという。

「その代わり我らは皆魔法を使うことができます。そもそもの話をすれば、人間とダークエルフでは信仰している神も違いますしね」

「……え、そうなの？」

祝福の儀で得られる後天的な才能。

これは王国の国教で信仰を義務づけられている、一神教である女神様によって授けられるものだ。

ちなみに女神様は名前を持っていない。その解釈は未だに統一されていないけれど、一般的にただ女神様と言われることが多い。

僕は皆がこの女神様を信仰しているものだとばかり思っていたけれど、どうやらそんなことはないみたいだ。

彼女達ダークエルフが信仰しているのは、森の神様らしい。

ちなみに僕らの女神様と同様、彼女達の神様にも名前はないんだって。

「ただエルフにも森の神様に愛されている者の中には、スキル持ちもいるということです」

「なるほど、だからミリアさんもスキルのことは知ってたわけだ」

これは僕が女神様を信仰しているからかもしれないけど、なんだか森の神様ってひいきをしているように思える。

エルフにはスキル持ちがいるけれど、ダークエルフにはスキル持ちは出たことがないらしいんだって。

なんだか理不尽じゃない？

まあでも、血統とかによってスキルに如実に差が出るうちの女神様もそれはそれで残酷か……。

どっちの方がいいとかはなくて、単に好みの問題なのかもしれない。

そんな風に結論を出したところで、また新たな疑問が湧いた。

「ダークエルフの人達が身体強化を使えるのはスキルの力じゃないの？　ただ何もない状態で魔法を使っているにしては、効果が高すぎるような気がするけれど……」

「さて……そもそもの話、そんなに深く考えたことがありませんでした。森の神様の恩寵《おんちょう》だとばかり思っていましたが……」

もし素養の力ならそれはそれで問題はないと思うんだけど。

それがダークエルフが元々持っている力なんだとしたら、神様は何もしてないってことになる。

それってちょっと、職務怠慢じゃない？

うちの女神様に鞍替《くらが》えしちゃえばいいのに。

……あれ、でもその場合はどうなるんだろう？


「ねぇアイラ、もし信じる神様を変えちゃった場合って……どうなるのかな？」

「不敬すぎて考えたこともない質問ですねぇ……うむむ……」

少し考えてから、アイラがハッとひらめいた。

彼女は遠くにあるエレメントフルーツ園を見つめながら、

「幸い、うちには神様という存在に近く、そういったことを聞くのにうってつけな者がいるではないですか。彼らに話を聞いてみるのがいいんじゃないですか？」

言われてみればたしかにそうだ。

僕はシムルグさんに話を聞いてみることにした。

だがシムルグさんから返ってきた答えは……。

「うーむ……禁則事項なのである。神に関する質問には基本的に答える権限がないのだ」

考えてみればシムルグさんは神獣として、その行動にいくつもの制限がかかっていた。

神に関する話題は、またその制限にひっかかってしまうらしい。

神様に関することは気になったけれど、結局問題は棚上げにするしかなかった。

こういうのは最後まで答えを出したい派の僕だけれど、僕なりの結論を出すこともなかった。

「ウッディ様、大変です！　エルフが来ました！」

地脈の異変に気付いたらしいエルフ達がこのツリー村にやってきたせいで、それどころではなくなってしまったのである。

第三章

「とうとうこの時が来ちゃったか……」

マトンが雇った村の役人のうちの一人が、バタバタと音を出しながらこちらに駆けてくる。

僕は焦っている様子の配下を見て、逆に落ち着いていた。

こうなった時の準備はしっかりとしてきた。

エレメントフルーツによる武装は十全に整っており、サンドストームの面々の体調も万全。

防衛用に樹木守護獣も大量に用意しているし、その上で余っている笑顔ポイントはウッドゴーレムの生産に使っていたため、収穫袋には大量のウッドゴーレムが控えてもいる。

準備は万全だ。

もし彼らと戦いになっても、そう簡単に蹂躙《じゅうりん》されないだけの用意は整っている。

「戦いにならないといいですね」

「うん、やっぱり平和が一番だよ。話し合いでなんとかなればいいんだけど……」

エルフとダークエルフの確執のことを考えれば、やはりどこかで問題は起きてしまうんだろうな。

そんな風に考えながら、向こうの機嫌を損ねないように早足で駆けていくのだった——。

「だーかーら、責任者を出せと言ってるの！　このビビの里のエルフが来てあげているんだから、あんたらみたいな人間じゃ役に立たないって言ってるでしょ‼」

そしてかなり急いで来たというのに、既に向こう側の機嫌を大分損ねてしまっていた。

あ、あわわ……どうしようどうしよう！　もし戦争になったりしたら……。

「落ち着いてくださいウッディ様、まだ慌てるような場面ではございません」

そういって差し出された葉っぱを噛《か》む。

ミントのようなすーっとした香りが、口腔《こうこう》を通って鼻を突き抜けていった。

「気付け用のモノノギの葉です。少々値は張りましたが……ランさんから買っておいて良かったです」

アイラはブルブルと震えている僕の手をきゅっと握る。

触れ合ったからこそ、僕は気付いてしまった。

彼女の手も小さく震えていることに。

その事実が、僕の心を何より奮い立たせる。

よしと気合いを入れて、エルフの下へ向かう。

「こ、こんにちは〜……」

「何よ、あんた誰？」

「この地域一帯を治めている領主のウッディと申します」

「領主……ようやく偉い人が来たわね！」

初めて見るエルフは、まるで彫像のように美しかった。

ピンと張った耳、象眼《ぞうがん》されたような青い瞳《ひとみ》にスッと通った鼻梁《びりょう》。

恐ろしいほどに整った顔立ちに、思わず圧倒されそうになる。

ダークエルフのミリアさん達を見慣れていなかったら、言葉が出てこなかったかもしれない。

「私はビビの里からやって来たウテナ・ビビ・フォントゥトゥ・ガビル……」

その後もつらつらと単語が並ぶ。

これ全部が名前なんだろうか。

だとしたらめちゃくちゃに長い。たしかに里や氏族や家族を大切にするエルフは名前が長いという話は聞いていたけれど、想像を絶する長さだ。

なにせこうやって思考を巡らしている間にも、まだ名乗りが続いているんだもの。

エルフの人は名前に誇りを持っているとは知っていたけれど、とてもじゃないが一度聞いただけでは覚えられそうにない。

「私のことはウテナさんで結構よ！」

「ほっ……それじゃあウテナさんと呼ばせて……」

「早速だけど、物申させてもらうわ！」

ウテナさんがビシッと指を差す。

その先にあるのは——どんどんと生長し既にこの村のシンボルになりつつある世界樹だった。

「あの世界樹を——今すぐなんとかして！」

「なんとかって……どういう意味でしょう？」

「あれのせいで地脈が乱れて、うちの里が大変なことになってるの！　早くなんとかしないと……」

エルフは人間のことを良く思ってはいない。

そう聞いていたからもっとひどい態度を取られると思ったけれど、ウテナさんは口調こそ厳しめだが、彼女からはそこまでの敵意を感じなかった。

というかなんだか、焦っているようにも……。

「少し待ってほしいのである、森の民よ」

「何よ、私は今こいつと話を……って、神鳥《しんちょう》様!? は、ははあっ！」

シムルグさんが颯爽《さっそう》と登場する。

彼を見たウテナさんが、先ほどまでの威勢が嘘《うそ》であるかのように頭《こうべ》を垂れる。

シムルグさんがこちらを見てパチリとウィンクをした。

……そうだった。

ついフランクに接してくれてるから忘れそうになる、というか忘れていたけれど、シムルグさんは神鳥様なのだ。

でも良かった……シムルグさんの取りなしのおかげで、エルフの人達と平和裡《へいわり》に対話をすることができそうだ。

ありがとうございます、シムルグさん。

後で世界樹の実、サービスしますね。

めっちゃ偉い鳥こと神鳥シムルグさんの神々しさにより、危ういところで領地の人間とエルフとの間の種族間抗争に陥るという最悪の事態は避けることができた。

けれど依然僕らはダークエルフという爆弾を抱えているということは変わらず、そしてウテナさんの僕ら人間に対する態度からはこちらのことを対等と思っていない様子がうかがえる。

恐らく、今の僕が何かを言っても無駄だろう。

問題になる気配しかしないので、とりあえずシムルグさんとウテナさんの話を聞かせてもらうことにする。

「この聖域と世界樹は我が地脈の流れを完璧《かんぺき》に制御している。地脈の乱れが生じるはずがないのである」

「な、なんと……流石《さすが》神鳥様です！」

「だから地脈の乱れが生じるはずがないと言わせてもらうのである。まああたしかに以前より吸い出せる魔力が若干少なくなる……くらいの変化はあると思うのだが」

「で、ではあの世界樹のせいではないのですね⁉」

「恐らく。詳しい話を聞かせてもらえると嬉《うれ》しいのである。えっと、名前は……」

「ウテナ！　ウテナ・ビビ・フォントゥトゥ・ガビル……（以下略）と申します！」

「ふむ、ではウテナ・ビビ・フォントゥトゥ・ガビル……（以下略）。詳しい話を聞かせてくれるかな」

「フ、フルネームで……感無量です！」

抜群の記憶力を持ち、一発でウテナさんのフルネームを暗記してしまったシムルグさん……流石である。

間違いなく彼はイケメン神鳥だ。

僕なんかもう、ウテナ・ビビの後に続く名前を忘れてしまっているというのに。

それからシムルグさんを見て目をキラキラ輝かせているウテナさんは、自分から色々な話をして

くれた。

もちろんシムルグさんに対してであって、僕の方なんか欠片《かけら》ほども見ていないけど……。

どうやら現在、彼女達が暮らしているビビの里という場所に異変が起きているらしい。

そしてその原因は、地脈の乱れによるものだということがわかった。

その原因を特定するために、ウテナさん達エルフは魔法を駆使した。

彼女達は全員が、素養がなくとも魔法を使いこなすことができる魔法のエキスパートだ。

そんなエルフ達が魔法を使って探知してみたところ、地脈の異変の原因とおぼしきものが発見された。

それが大量の魔力を地脈から吸い上げている世界樹……つまりツリー村の大きな世界樹だったというわけだ。

ウテナさんはいくつかあるらしい調査隊の隊長を務めており、単身でツリー村にやってきたのだという。

「他の隊員達はどうしたのであるか？」

「異変が起きているのはここだけではありません。他にも何かがあると思い、別行動を取らせています」

（それってもしかして、ギネア村のことなんじゃ……）

どうやら地脈の流れの変化が起こっているのは、ここだけではないということだった。

どうしよう、心当たりがありすぎる。

色んなところに世界樹を植えたり、その場所を樹木配置（改）で動かしたり、ギネアの村を作ったり……地脈を利用したという自覚はなかったけれど、色々と使ってしまっている。

そのせいで問題が起こっているのかも……。

たらりと流れた冷や汗を、アイラが拭《ぬぐ》ってくれる。

「我の友じ……悪ゆ……知り合いの神獣も村を作っていてな。そこでも地脈の吸い出しは行われているはずだが、あいつもバカではない。余所《よそ》に影響が出るレベルでやらかしているはずはないのである」

ホイールさんが友人だということを認めたくないのか、何度も言い直すシムルグさんだったが、どうやら信頼はしているみたいだ。

付き合いも長いみたいだし、傍《はた》から見てるとなんやかんや仲良しだよね、シムルグさん達って。

「ウッディ、なので恐らくエルフの里に起こっている異変の原因は我らではない。心配しなくて良いのである」

「ほっ……それなら良かったです」

「少し思い出してほしいのである。ホイールと一緒にギネアの候補地へ辿《たど》り着《つ》いたとき、地脈と繋《つな》がる地点をタイクーンウルフという魔物が陣取っていたことがあっただろう?」

僕らがホイールさん達と一緒に新たな聖域を作るための旅をしていた時のことか。

聖域を作ろうとしたら、その場所にタイクーンウルフが居座っているせいでなんとかして倒さなくちゃいけなくなっちゃったんだよね。

シムルグさんが言うことには、あのように魔物が地脈の湧き出る点を押さえてしまうと、余所へ与える影響のことなど考えずに地脈を使ってしまう。

地脈の恩恵を受けているところで異変が起こってしまうのは、そういう場合に割を食っているパターンが多いのだという。

「なので恐らくは、エルフの里の地脈と繋がるどこかの地脈に、タイクーンウルフのような魔物が陣取っているのであろうな」

「なるほど……」

シムルグさんの出した結論からすると、今回の一件は僕らとはまったく関係がないみたいで一安心だ。

いや、エルフ達的には問題なのかもしれないけど……。

「異変があるのがどのあたりなのか、目星はついているのであるか？」

「え、あ、はい……」

ウテナさんが取り出したのは、世界地図だった。

王国の地図なんかよりはるかに広い範囲が記されている、かなり精度の高そうな地図だ。

そこにある印は、このツリー村を合わせて四点。

そのうちの一つはギネアだったので、問題は残る二つのうちのどちらかということになる。

そこにいる魔物は、恐らく地脈から大量の魔力を吸い上げて強力になっているだろう。

実際タイクーンウルフも、かなりの強敵だったしね。

「……」

シムルグさんの話を聞いていたウテナさんは、意気消沈している様子だった。

どうやら完全に予想が外れ、無関係の僕らを糾弾してしまっていた自分が許せないようだ。

エルフのプライドが高いというのは本当みたいだ。

「ウッディ。彼女の話では、ギネア村にもエルフが向かっているという話だ。そちらの対応をしておいた方がいいのではないか？　……ここは我に任せておくのである」

「――はっ、そうですね！　わかりました！」

こうしちゃいられない。

もし喧嘩《けんか》腰なエルフ達が僕のいないギネアでいちゃもんでもつけてこようものなら、大変なことになりかねない。

僕は慌ててギネアに転移し、ホイールさんに事情を説明しに向かうのだった。


「なんと、エルフが来るのよ⁉」

ギネアに説明をしに向かうと、ホイールさんはびっくりといった様子で四足歩行に戻った。驚くと、四足歩行に戻るんですね、ホイールさん……。

「はい、なんだか僕が世界樹を植えすぎちゃったのが原因みたいで、すみません……」

「まあ、気にする必要はないのよ。エルフ達が独占してきたものが余所に流れたから文句を言うなんてことが、ハナから筋違いなのよな。それにどうせ聖域を作れば遅かれ早かれエルフにはバレてただろうし、むしろ色々と用意を整えることができたこのタイミングで来てくれたことを喜ぶべきなのよ」

「それは……たしかにそうかもしれません」

もし僕のウッドゴーレムによる防衛体制ができるよりも早くギネアの街にエルフ達がやってきて

いたら、下手をすればエルフ達に実力行使に出られたりしていたかもしれないし。

ミリアさん達の話を聞いていて思ったけれど、やっぱり亜人だろうがなんだろうが弱肉強食なのは変わらない。

なんとも世知辛い話だけれど、僕らにだって力があるぞってところを相手に理解してもらわないと、そもそも交渉のテーブルにつくことすらできないのだ。

ダークエルフのミリアさん達を受け入れることを決めてからは、なるべく余った笑顔ポイントはウッドゴーレムに使うようにしている。

現在の僕の植樹ステータスは、こんな感じだ。

植樹レベル　9
植樹数　５６５／８００
笑顔ポイント　２２０００（4消費につき一本）
スキル　植木鉢　交配　自動収穫　収穫袋　樹木配置（改）　樹木間転移　樹木守護獣

笑顔ポイントをここまで大量に残しているのは、いざというときにフレイザードウッドゴーレムを使うためだ。

あれは一体出すだけで７０００ものポイントを使ってしまうけれど、現状ナージャとアイラのツートップを除いた状態では、うちの領内での最強戦力である。

それがポイント消費で出せるんだから、溜《た》めておかない手はない。

ただそのせいでレベルアップがかなり遅れてしまっているので、このエルフ問題にひとまずのケリがついたらレベルを10までは上げておきたいところだ。

「とりあえず威嚇の意味も込めて、大量のウッドゴーレムを出しておきましょう」

「うん。エルフ達は樹人って言われるくらいの樹木大好きっ子。恐らくギネアとはそもそもの反りが合わないだろうから、色々とやっておく必要はあるのよ」

ギネアはホイールさんが土属性を司《つかさど》ることもあって鉱業が盛んだ。

現在はホイールさんが聖域として生み出してくれている石炭やコークスを原材料にして鉄鉱石の精錬を行っているけれど、後々生産量が増えてきたら木材も使用する必要がある。

樹《き》を守ろうとするエルフが樹を切り倒して鍛冶《かじ》をするドワーフと仲が悪いというのは有名な話である。

恐らくホイールさんも、あまりいい顔をされないとわかっているのだろう。

少し悩んだけれど、外にずらっと並べるだけではただの威嚇になってしまうので、ギネアの村の中にウッドゴーレムを可能な限り配置していくことにする。

もう既にウッドゴーレムには見慣れているため、村の人達も特に混乱することなく受け入れてくれたのは助かった。

そして準備を整えながら、可能な限りウッドゴーレムを生産していると、エルフ達がやってくる前に植樹レベルが上がった。

【植樹量が一定量に達しました。レベルアップ！　樹木間転移のスキルの機能が解放されました！

樹木間転移が樹木間集団転移へと変化しました！】

新たに手に入った力は、樹木間集団転移。

これは今まで僕を入れて三人までしかできなかった転移における人数制限が大幅に緩和されているようだ。

なんとこれに樹木守護獣の力を合わせると、笑顔ポイントさえあればギネアの村人百人全員を瞬時に転移させてしまうことが可能であることがわかった。

なので僕は大慌てで有事の際に皆が駆け込める巨大なハウスツリーを作り、その後受け入れが可能になるようにマトンに色々と準備をさせた。

そしてその下準備が終わったギリギリのところで、ギネアにもエルフの調査隊がやってきたのだった。


ホイールさんによる探知で、エルフ達がやってくる数時間前に、彼らの接近を感じ取ることができた。

本人はシムルグさんと比べると精度に難があると言っているけど……僕らからするとほとんど違いはわからない。

なんにせよ、こうして色々と教えてもらって大助かりというのだけは事実だ。

僕はとりあえず余ったウッドゴーレムを周りに侍《はべ》らせながら、ギネアの入り口でエルフ達がやってくるのを待つことにした。

「まあ多分なんとかなるとは思うんだけどね」

「ホイールさんのご威光を……ということですね」

エルフの里に暮らす人達は、神獣というものになみなみならぬ敬意を抱いている。

なのでホイールさんという最終奥義を出せば解決することはわかっているのだ。

「まぁ、任せてほしいのよな」

「私にお任せください」

そして下手に話がこじれてもあれなので、僕の隣にはホイールさんがいる。

ついでに僕の逆サイドには、とてとてと歩くレベッカもいる。

ちなみにキャサリンさんは子供達の面倒を見るということでお留守番中だ。

「ウテナやミリアを見たところ、私で問題なく対処ができる。もしもの時は、物理的に言うことを聞かせることもできるからな」

「そういう物騒なことはしたくないなぁ」

ナージャは戦っても構わない、というかむしろ戦いたいという感じでうずうずしていた。

たしかにタイクーンウルフを倒して以降、ここ最近はあまり激闘らしい激闘をしていない。

彼女からすると腕が鈍《なま》って仕方ないのかもしれないないな。

そのあたりのことも頭の片隅に置いておこう。

僕らが待つこと一時間ほど。皆の集中が切れて少しぼうっとしてき始めたところで、お目当てのエルフさん達がやってきた。

その数は三人。

口に草を咥《くわ》えているおっとりしていそうな男の人が一人と、それに付き従うようにやってきた女性が二人だ。

「これは……なんとも面白う村にござりまするな」

「アカバネ様、そんなことを言っている場合ではありませんよ！」

「慌てない慌てない、古来、急《せ》いても功なしと申すではござらんか」

近付いていくと話し声が聞こえてくる。

なんだかウテナさんとはまたずいぶんとタイプが違う。

エルフはウテナさんみたくプライドが高くて……みたいな型にはめた考え方をしていると、痛い目を見るかもしれない。

もっと柔軟に考えなくては。

「こーんにーちはーっ!!」

とりあえずこちらが友好的であることを示すためにも、手をぶんぶんと振りながらにこやかに笑っておく。

するとスタスタと、先頭を歩く男性のエルフが近付いてきた。

「すごい……まったく足音を立てていないぞ。砂に足を取られることもなく姿勢も全然ブレていない……気を付けろウッディ、あの御仁、かなりやるようだ」

後ろから聞こえてくるナージャの物騒なアドバイスに少しだけビビりながらも、僕は声かけをせざるを得ない。

そう言われてみると、たしかになんだかナージャのように強そうな気配を感じる。

ナージャを動とするなら、彼は静という感じだ。

得物は腰に提げている武器だろう。反りがあるのか湾曲した鞘《さや》に入っている。

柄《つか》の拵《こしら》えは見たことがないほどに美しい。おそらくは、かなりの業物に違いない。

「初めまして、この村の領主を務めているウッディと申します。既にウテナさんとはお話をしているのですが……もしよければ一度話の席を設けてもらってもよろしいでしょうか」

「貴様、エルフに対してそのような口の利き方を――」

「構わんでござる。むしろこちら側からお願いすべきこと、ご配慮感謝致す」

「アカバネ様！」

こうしてギネアの村に、また新たなエルフ達がやってきたのだった。

◇◇◇

「失礼、自己紹介が遅れましたな。拙者はアカバネと申します。わけあってエルフの里を離れておりましたが、今では調査隊の隊長をさせてもらっております」

「ウッディです、こちらこそ改めてよろしくお願い致します」

「後ろに控えているのがマゴとメゴ、エルフにしては珍しい双子でしてな。故あって副官をしてもらっております」

「マゴです、よろしくお願いします」

「……」

軽く自己紹介をしてから、三人のエルフを村の中へと入れる。

メゴさんはまだ僕らに対する警戒心が拭《ぬぐ》えていないからか、ぷいっとそっぽを向いたまま歩いていってしまった。

「ちょ……何よこれえええっっ‼」

勝手に先へ進んでいっていたメゴさんが、遠くで何かを叫んでいる。

その声を聞いて苦笑するアカバネさん。

ただでさえ細かった彼の目が、更に細くなってしまった。もう横に引いた一本線みたいになっている。

どうやら彼も彼で、なかなか苦労しているみたいだ。

わかりますよ、その気持ち。

身内に元気な子がいると、疲れますよね。

何が起きたのかと皆で声の方へ向かっていくと、そこにはウッドゴーレムに囲まれているメゴさんの姿があった。

どうやら彼女、ウッドゴーレムに攻撃を仕掛けたようで、ウッドゴーレムのうちの一体に小さな焦げ跡がついているのが見える。

「なんで村の中に魔物がいるのよ！」

「魔物じゃなくてウッドゴーレムです。うちの村の頼りになる番兵ですよ」

「ほう、ウッドゴーレムを使役できるのですか……」

アカバネさんの細い目が、わずかにキラリと光った……ような気がした。

あれ、気のせいかな？

僕が首を傾《かし》げているうちに、気付けばメゴさんは土下座をさせられている。

「メゴ！　これから友好を結ぼうとしている相手の村で魔法を使うなど言語道断！　一体何を考えてるでござる！」

アカバネさんの細められていた目が、大きくなる。

そして少し離れている僕からでもわかるような何かオーラのようなものが、彼の身体《からだ》から噴き出した。

それを真っ正面から浴びているメゴさんがその顔を真っ青にしながら頭を下げる。

「ご、ごめんなさい！」

「うつけもの！　謝る相手は拙者ではなかろうが！」

ビシッとアカバネさんが僕を指さした。

メゴさんの方はまだ何か言いたげだったけれど、再びアカバネさんにキツい視線を向けられると素直にぺこりと頭を下げる。

「ごめんなさい、ウッディ！」

「ウッディ殿」

「ごめんなさい、ウッディ殿！」

殿呼びじゃなくてもいいんだけどな……なんて言える雰囲気でもなかったため口をつぐむ僕。

「まったく、エルフというのはどいつもこいつも失礼な奴らばかりなのか？」

「これぱっかりは私も同意見ですね。人様の土地に土足で上がり込んでウッディ様へあの態度……いくら温厚な私といえど限度があります」

下手なことが起こらぬよう、何かが起こるまでは絶対に手を出さないように事前に言い含めておいたおかげで、普段は喧嘩っ早いナージャも眉間《みけん》にしわを寄せるだけで我慢してくれていた。

けれど二人ともウテナさんやメゴさんのようなエルフの態度に、やっぱり納得はいっていないみたい。

僕はそんなに気にはならないけどなぁ。

プライドが高い令嬢の中には、彼女達じゃ比較対象にもならないくらいすごい人がたくさんいたからねぇ……。

僕がかつて話をした貴族令嬢のことを思い出しているうちに、気付けばエルフの調査隊の僕への呼び方は、ウッディ殿で固定されてしまっていたのだった。


「いやぁ、しかし砂漠の中にこれほど見事な村ができているとは、なかなか壮観でござるなぁ」

「そうなのよ、自分で言うのもなんだけど、この聖域は俺の自信作と言ってもいいのよな」

「ふむふむなるほど……むむっ？」

村を見て回りながら頷《うなず》いているアカバネさんの隣に、気付けばホイールさんが立っていた。

二足歩行状態で小さい腕を頑張って組んでいる様子は、やっぱりどこかマスコットみたいに見える。

「その、失礼ながら……どなた様であられますでしょうか？」

マゴさんが尋ねると、ホイールさんがその身体をブルブルっと震わせる。

すると一体どういう原理なのか、ホイールさんの身体が突然光り出した！

「俺は神獣の一角……神鼠《しんそ》のホイールなのよ！」

「ちなみにその娘のレベッカですわ！」

気付けばホイールさんの隣にいたリボンモルモットことレベッカもぺっかーと身体を光らせている。一体どういう仕組みなんだろう。

す、すごい……なんという神々しい光だ。

流石、神獣様なだけのことはある……。

「「は、ははぁ〜」」

見知った僕ですら思わず感じずにはいられないその神性を前に、アカバネさん達は当然ながら大きな衝撃を受けたようで……。

結局神獣頼みになってはしまったけれど、これ以降の話は非常にスムーズに進んでいくのであった。

ホイールさんのぺっかり神獣パワーの威光の前にひれ伏したアカバネさん達に、僕らの事情を説明していく。

当然ながら地脈を変な風に使っていないということもね。

僕の言葉で伝えても納得してくれないマゴさんとメゴさんが、ホイールさんの言葉なら何も疑わずに信じているというのはちょっと複雑だけど、話を進めるためにはしょうがない。

話がツリー村にやってきたウテナさんの話題になると、アカバネさんは流麗な動作で頭を下げた。

「ふむ、なるほど、ウテナまでお世話になっているとは……ご迷惑をおかけしたことでしょう」

「いえいえ、エルフさん達の気持ちもわかりますから」

どうやら同じ調査団のエルフとして、ウテナさんのことを知っているようだ。

間違いなく迷惑をかけただろうという様子で謝ってくる。

「まあたしかに色々と言われたりはしましたけど、もう気にしてないですから」

「でしたら助かります。我らエルフも、神獣様の不興を買うのは本意ではありませぬので」

アカバネさんは妙にエルフらしくないというか、なんだか人間味がある感じがするんだよね。

こっちをバカにしてくるようなこともないし。

聞けば彼は、エルフの里に戻ってきたのはつい最近で、それまでは人間の国に食客として世話になっていたようだ。

僕らがいる王国からかなり離れたところにある東方の島国で生活をしていたらしい。

口調が妙に古めかしいのも、恐らくそちらの方言か何かなんだろう。

「それより、これからの話をできたらと思います」

「道理ですな。私達もあまり時間がありませんので、助かります」

ウテナさんやアカバネさんがやってきたのは、地脈の流れに異変が生じていたからだ。

現在起こっていた変化は四つ、そしてそのうちの二つがツリー村とギネア村にあった。

つまり残りの二つのうちのどちらかが、地脈の異変が起きた理由になってくるはずだ。

エルフは没交渉で有名な種族であり、滅多なことではエルフ以外の種族と関わることはないと聞いたことがある。

そんな彼らがわざわざこんな辺境の地にやって来るということは、すなわちそれだけ看過できない問題が起こったということになる。

そういえば、何が起こったかまだ聞かせてもらっていない。

ウテナさんも口ごもるばかりで、教えてくれなかったしね。

なので聞いてみると、アカバネさんはさして気にした様子もなく事情を教えてくれた。

「実は現在、エルフの持つ世界樹が枯れかけておりましてな。うちの研究者達が、そう遠くないうちに駄目になってしまうという結論を出しているのです」

「世界樹が枯れる、ですか……」

僕にとって、世界樹というのはわりと気軽に出せるものだ。

笑顔ポイントが4あれば植えられるから、今だって一日二百本くらいなら出すことができる。

樹結界《じゅけっかい》は便利だし枯れないし、ついでにとんでもなく価値のある実をつけてもくれるため、便利で万能な樹という感じにしか思っていなかった。

けれどエルフ達にとっては、そうではないのだ。

彼らは世界樹の守人。

おそらくは先祖代々、世界樹が大きく生長していくことを何百年、何千年と見守ってきたのだろう。

世界樹によって地脈から引いてきた魔力を使うことで、エルフは結界を維持し、肥沃《ひよく》な畑を作ることができていた。

しかし異変のせいでそれができなくなりつつあり、エルフ達はかなりの打撃を受けている。

今では結界を維持するのが精一杯な状況だという。

作物の収穫量も、年々明らかに減っていってるようだ。

「……」

僕は腹案を簡単に口にすることができなかった。

黙ったままアカバネさんの話を聞かせてもらってから、一度別れて頭を整理することにする。

僕ならその問題を解決することができるだろうか？

多分だけど……できる……と思う。

一つアイデアも浮かんでいるし、もしそれが駄目だったとしてもウッドゴーレムの人海戦術を使えば地脈の異変を排除することができるだろう。

ただ、エルフと交渉を持つことは少し問題がある。

なぜなら僕は形式上のことではあるけれど、この砂漠の緑化と領地の回復を目的としてやってきているコンラート家の人間だからだ。

砂漠に関することは一任されているためダークエルフ達と関わりを持つことは問題がなかったけれど、エルフの場合は話が別だ。

もし外交上の問題が発生した場合、僕には父さんに報告を行い裁可を仰ぐ義務がある。

僕個人が勝手にエルフ達を助けてしまうわけにはいかないのだ。

そして父さんであれば、まず間違いなくエルフとの関係性をなんらかの利益に変えるだろう。戦費を戦争奴隷で賄うことも多かった父さんのことだ。

十中八九その結果は、エルフの里の蹂躙《じゅうりん》に繋《つな》がるだろう。

そしてエルフと交渉を持っていることがバレれば、そこから芋づる式にツリー村のこともバレる。

今はまったく連絡を取っていないためになんとかなっているが、今後どれだけの重税が課されるかわかったものではない。

……僕はもしかしたら、人生の岐路に立っているのかもしれない。

誰を助けて、どうすればいいのか。

一度真剣に、考えてみる必要がありそうだ……。

◇◇◇

僕は一人、夜のツリー村を歩いていた。

煌々《こうこう》と光り続ける世界樹は、いつもと変わらず村にいる人や植物の全てにその暖かな光を注いでいる。

この場所がシムルグさんの守る聖域となった時に張り巡らされた結界は、未《いま》だに健在。

害意のあるものの侵入を拒み、また魔物避《よ》けの効果も発揮してくれるため、この場所は今まで一度として襲われて被害を受けたことはない。

けれど今後もずっとそうだとは限らない。

そもそもの話、この聖域の結界が拒める範囲の限界はわかっていない。

もしかすると父さんやアシッドにガンガン魔法を使われてしまえば、あっさりと壊れてしまうかもしれないのだ。

今まで僕はこの村を発展させるため、皆に笑ってもらうために頑張ってきた。

けれどそのせいで、築き上げてきたものを守る必要が生じている。

きっとこれもまた、貴族の責務《ノブレス・オブリージュ》というやつなんだろう。

一体僕は、どうすべきなんだろうか……。

今は一人で考え事がしたい気分だったから、当然ながらアイラは連れていない。

一人になりたいと言った時のアイラ、愕然《がくぜん》としてたな……あとで何かしら、機嫌の取れるものを用意しておかなくちゃいけないかもしれない。

あてもなく散策をしていると、皆がすぐに僕に気付いてくれる。

当然ながら僕の顔は皆に知れ渡っているため、会う人会う人から挨拶《あいさつ》をされる。

貴族に対する態度としてはかなりフランクだけれど、大して気にすることはない。

砂漠に暮らす砂漠の民の在り方が、王国で生きてきた僕らとまったく同じはずがない。

違いを許容できないようでは、他の人とわかり合うことなんてできやしないのだ。

きっと本当の意味でわかり合うことは誰にもできないんだろうけれど、わかり合おうと努力をすることなら、誰にだってできるはずだから。

もし僕が領主を辞めさせられたとしたら、その後釜《あとがま》にはコンラート家の誰かが就くんだろうな……下手したら領主である父さんが直轄するかもしれない。食料に不自由しない村と、鉱山資源が湧き出す村……そんなもの、喉《のど》から手が出るほど欲しいに決まってるもの。

僕が現在進行形で治めているのはツリー村とギネア村だけど、僕は村を内包している砂漠地帯全体の領主だ。

僕が緑化を命じられたこの地には、ウェンティという名がついている。

つまり僕はウェンティの領主であるウッディ・コンラートということになる。

僕はコンラート家の人間だから、当主である父さんの言うことには逆らうことができない。コンラート公爵である父さんは、僕の生殺与奪の権を握っている。

一度公爵の名を使い正式な書類を発行されてしまえば、僕に抗《あらが》う術《すべ》はないからだ。

僕がエルフを助けたことで、父さんがこの村の価値に気付いたとしよう。

あるいはその中で、僕の素養の力の内容に気付くこともあるかもしれない。

もしそうなったらどうなるだろうか。

今ではウッドゴーレムのおかげである程度戦うことができるようにもなったけれど、それでも『植樹』の素養はあくまでも生産系。

純粋な戦闘系の素養である『大魔導』には逆立ちしても敵《かな》わないはずだ。

コンラート家は王国の中でもっとも尚武の気風が強いと言われる貴族家だ。

つまりアシッドよりも弱い僕は、アシッドの言うことには逆らえない。

そうなればその先には、明るい未来など待ってはいないだろう。

何をどう考えても、間違いなくお先真っ暗だ。

多分だけどアシッドや父さんに言われるがまま公爵家の領地を飛び回り、ただひたすらに食料を生産するための機械のように扱われる日々を送ることになるんだろうな……。

けどそれを怖がるばかりでエルフの人達の窮状を見て何もしないっていうのも……。

基本的に他の種族との関わりを持たないエルフがわざわざ人里まで下りてきているんだ。恐らく彼らが抱えている地脈の問題というのは、抜き差しならないところまで来ているんだろう。

僕は彼らを助けるための手伝いができればいいと思っている。

王国がどうとかコンラート家がどうとかいう話じゃなくて、僕個人として助けたいと。

でも彼らを助けて黙っているっていうのは、父さんに逆らっているようなものじゃないか？

父さんに逆らう、か……。

そんなこと、考えたこともなかったな。

僕はあまり誰かに逆らったり、自分を強く主張したりすることがないまま生きてきた。

波風立たない毎日を過ごせればそれだけでいいのに、どうして世の中というのはこうやっていつも選択を迫ってくるのだろう。

村の皆を見つめながら、考えが堂々巡りしていると、ドドドドドというものすごい音が聞こえてくる。

音源の方をぼうっと見つめていると、凜々《りり》しくて見慣れた彼女の姿があった。

「ウッディ、探したぞ！」

「ナージャ……」

僕は思わず顔を背ける。

今の自分の顔を彼女に見せるのは、なんだか情けないような気がしたからだ。

けれどナージャは、そんな甘えを許してくれない。

彼女は僕の頬を掴《つか》み、くいっと自分の方へと向けた。

「ウッディ、こっちを見ろ」

「ナージャ……」

彼女の力強い瞳《ひとみ》が、僕を捉《とら》えて離さない。

キラキラと光る青い瞳の奥には、身体を縮こまらせている弱々しい自分の姿が映っていた。

「エルフ達の話は聞いている」

「うん……」

「助けたいんだろ、彼らを？」

「……もちろんさ。もし僕がただの平民だったら、何も考えずにエルフの里へ向かっていたと思うよ」

ナージャの言葉に、僕は少しだけためらってから……しっかりと頷《うなず》いた。

僕は……エルフ達の力になってあげたい。

だって困っている人がいたら助けてあげるのは、当然のことだと思うから。

「だったら助ければいいじゃないか。ほとんどの場合、自分がしたいようにするのが一番後悔が少ないものだ」

「でもそんなことをしたら、父さん達からどんなことをされるかわからない。そのせいで皆に迷惑をかけちゃうかも……」

「お前が何を悩んでいるのかも、ある程度理解しているつもりだ」

ほっぺたから手を放したナージャと一緒になって、夜になったツリー村を見つめる。

ここは高地になっているため、村人の皆の顔がよく見える。

彼らは今日の仕事が終わったことを感謝しながら、笑い合っていた。

僕がこの村から配置換えになってしまえば、まず間違いなく彼らの笑顔は曇ることになる。

そう思うだけで、軽率に動いてしまおうなどという気はあっという間に消え失《う》せてしまう。

「ウッディ」

「なんだい、ナージャ」

「もっと私を頼れ」

思わず横を向く。

ナージャは僕と同じく、村の皆を見つめていた。

彼女の横顔はコインに彫り込まれた女神様のように綺麗《きれい》だった。

こっちを見ていないのに、なぜだか彼女の信頼が伝わってくる。

以心伝心っていうのは、こういうことを言うのかもしれない。

同じように、ナージャには僕が何を考えているかなんて、お見通しなのかもしれない。

「そんな……悪いよ」

「悪いもんか、お前の婚約者だぞ、私は」

「父さんが婚約を破棄したから、正式には婚約関係は解消されてるよ」

「だったら私を娶《めと》ってくれれば万事解決だ。そうだろ、ウッディ？」

「め、娶るって……」

笑いながらナージャの方を見るが、彼女は真剣な顔をしていた。

明らかに、冗談を言っている雰囲気ではない。

どうやら彼女、本気で言っているらしい。

なぜ、そんなに僕のことを思ってくれているんだろう。

僕はナージャに一途《いちず》に思われるような人間なんだろうかと、疑問に思ってしまう。

そういえば僕はナージャに、自分の気持ちを伝えたことがないんだな……。

よくよく思い返してみると、僕はあまり彼女と二人についての真剣な話をしてこなかった。それをすれば実家の話になってしまうから、きっと二人とも無意識のうちに避けていたというのもあるんだと思う。

僕は多分、ナージャの優しさに甘えてしまっていたのだ。

彼女がどんなことを考えていて何を思い悩んでいるかだなんて、ほとんど考えてこなかった。思えば僕は、ナージャが何を思って僕を追いかけてきてくれたのかさえよく知らない。

周りから鈍感だと言われる僕でも、流石に嫌われていないだろうということくらいはわかる。

彼女は実家に絶縁状を叩《たた》きつけてまでこちらに来てくれた。

その覚悟がどれだけ大きいかは、少し考えればわかることだ。

「どうせウッディのことだ、また色々と一人で考えていたんだろう。前から思っていたが、ウッディにはなんでも一人で抱え込みすぎる癖がある。よくない、それは本当によくないことだぞ」

「うん、そうかもしれない」

彼女の真摯《しんし》な言葉が胸の奥に届いたからだろうか。

僕は不思議と、素直に思っていることを口に出すことができた。

「……ねぇ、ナージャ」

「どうした、ウッディ？」

「――好きだよ」

「……な、ななんなあっ⁉」

先ほどまで私を頼れとあんなに凛々しかったナージャが、一瞬で壊れた人形のようになる。意味のわからない言葉を口にしながらギクシャクと動くその様子は、さっきまでとはまるで別人のようだった。

そんなナージャを見て、愛《いと》しいと思う自分がいることに気付く。

こうして改めて見ていて、僕は思った。

やっぱり僕は、ナージャが好きだ。

彼女と一緒に生きていくことができたら、きっとそれはとっても幸せなことだと思う。

ゆでだこのように顔を真っ赤にしたナージャに近づいていく。

そして目を白黒させている彼女の頬に、口づけをした。

「ナージャ、一緒に頑張っていこう。エルフも助けて、ここの領主も続ける。厳しい道のりかもしれないけど、きっと二人ならできるはずだ」

「きゅう……」

僕が勇気を出して踏み出した一歩は、けれどナージャにとってはあまりに刺激が強すぎたようで。タイクーンウルフの一撃も耐えてみせた僕の愛しい人は、顔を真っ赤にしたまま意識を失ってしまった。

なんとか倒れそうになるナージャを抱きかかえ、木陰に横たえる。

首の下に枕代わりのタオルを敷いても高さが安定しなかったので、膝枕《ひざまくら》をすることにした。収穫袋からウォーターマスカットを使ってハンカチを濡《ぬ》らし、彼女の額に置く。

するとさっきまでより楽になったのか、少しだけ表情筋が緩んだように見える。

「お疲れ様です、ウッディ様」

ふぅと一息ついていると、気付けば隣にアイラの姿があった。

アイラはそのままなんでもないような顔をして、

「流石にナージャに勝てるとは思っていません。——私は側室で構いませんから」

「……う、うん、わかった」

あまりに自然な彼女の態度に、僕は思わずそう答えてしまっていた。

というか、それ以外になんて言えばいいのかわからなかった。

「もちろん、事前にナージャから許可ももらってますので」

「そ、そうなのっ⁉」

まさかそんなに早く話が進んでいるとは思ってもみなかったので、驚きで少し跳ねてしまう。

ナージャが寝苦しそうな顔をしたので慌てて落ち着いてから、彼女の髪を優しく撫《な》でた。

「そっか……ナージャもアイラも、色々と考えてくれてたんだね」

「そうです、女性は一度腹をくくったら強いんですから」

もちろん僕はアイラのことも好きだ。

先行きもわからない僕に、辞表を出してまでついてきてくれた彼女のことが、嫌いなはずがない。

アイラは僕の方を見て、スッと音もなく近づいてくる。

「ウッディ様、お慕いしております。あなたの本妻になることは諦《あきら》めます、ですから……」

彼女はそれだけ言ってからそのまま……膝枕をしていて身動きの取れない僕の唇を奪った。

「ファーストキスは、私のものです。安心してください、もちろん私も……初めてですから」

「……」

あまりに突然の出来事に、僕は言葉を失い、ただアイラを見上げることしかできなかった。僕のことを見下ろすアイラは、にこりと笑っていた。

彼女は僕が今まで一度も見たことがないほどに妖艶《ようえん》で……やっぱり僕は、何も言うことができないのだった。

こうして僕とナージャとアイラとの関係を改めて確認したところで、皆で力を合わせて全部を手に入れようという方針が決まる。

僕らはエルフ達も助けるし、エルフとダークエルフとの間の仲違《なかたが》いだってなんとかしてみせる。

そして僕はウェンティの領主として……ここで暮らす皆の笑顔を守る。

それでたとえ……父さんと反目することになったとしても。

第四章

「――というわけで、ぜひエルフさん達に対して色々と便宜を図ることができればと思うのですが……」

「おおっ、それは誠でござるか！　こちらとしても助かるでござる！」

僕はナージャやシェクリィさん達とも話し合った上で、エルフ達に対して全面的に協力することを決めた。

食料不足に関しては、ほぼ間違いなく解決が可能だ。

この村の食料生産の様子を見てそれがわかっていたからだろう、僕の言葉にアカバネさんは大喜びだった。

メゴさんとマゴさんは嬉《うれ》しいんだけど素直に喜べないという感じの複雑な顔をしている。

全面的な協力というのは当然ながら食料問題の解決だけにとどまらない。

ウッドゴーレムという戦力の貸し出しや、エルフ達がやってきた理由である地脈の異変の原因に対する抜本的な解決についてのことまで含んでいる。

当然ながらエルフ達に僕の素養については色々とバレてしまうけれど、今回はそんなことも言ってられないしね。

それにアカバネさんには言わないが、最悪の場合はエルフ達が暮らせるような新たな村を作ることも想定している。

地脈の問題が僕らでも解決が不可能なレベルの難事だった場合は、長い目で見て移動も視野に入れてもらう必要があるだろうからね。

「このギネアのこともある程度はわかり申したし、ホイール様のおかげで問題がないことも確認することができました。拙者達は報告のためにも、一度里に戻ることができればと存じまする」

アカバネさん達は一度里に戻り、里のお偉いさん達に事情を説明しに行くらしい。

ウテナさんも同じようなことを言っていたので、恐らく四つの調査隊が集めた情報から上の人が総合的な判断を下すんだろう。

「それならこのゴーレムを連れて行ってもらえますか？」

僕はそう言って、横に待機させていたウッドゴーレムに命令を下した。

その命令とは、「アカバネさんの後をついていくこと」。

僕がわざわざそんなことをするのは、当然この先のことを考えてのことだ。

「僕はこのように……ウッドゴーレムのいる場所に転移をすることができます」

僕が樹木間転移を発動させると、三人とも驚いた顔をする。

本当は僕が植えた樹《き》のある場所にならどこにでも行けるが、全て本当のことを話す必要はない。

それに、別に嘘《うそ》はついてないしね。

「どんな援助をするにせよ、僕がエルフの里に行った方が間違いなく話は早く済みますから」

――エルフの里に僕がアカバネさん達と共に向かうというのは、あまり現実的じゃない。

領主である僕はあまり長期間ウェンティを離れるわけにはいかないしね。

なので今回は樹木間転移を使い、直接エルフの里に行かせてもらう。

そのためにウッドゴーレムを一体貸し出すのだ。

「なるほど……わかり申した。恐らく長老達は怒るでしょうが、ことは非常時ですからな。そこら辺は大目に見てもらうことにしましょう」

「いいんですか、アカバネ様⁉」

「調査隊の隊長権限で認めるでござる。世界樹と里を守るために、もはや手段を選んでいられる状況でもあるまい」

ということでアカバネさん達は僕のウッドゴーレムを連れて、エルフ達が暮らしているビビの里へと戻ることになった。

そこへ行けば他のエルフ達が地脈の異変の原因を探り当てているだろうから、後でアカバネさんに話を聞かせてもらえばいい。

さて次はコンラート家への対応を考えなくちゃいけない。

やることが沢山だと一度ツリー村に向かう。

するとミリアさんから呼び出しを受けた。

彼女に貸し与えているハウスツリーの下へ向かうと、

「少し長居をしてしまったが……私達は、皆の下へ帰ろうと思う。我らダークエルフがいては、ウッディを始めとしたツリー村の皆に迷惑をかけてしまうだろう」

ミリアさんからの予想外からの言葉を聞いて……気付けば僕の身体《からだ》は、ぶるぶると震えてしまう。

これは怒り、それとも悲しみ？

わからないが、自分の感情の赴くままに彼女のことをジッと見つめる。

「そんな必要はありません。ミリアさん達はもう、ツリー村で暮らす仲間ですよ。もしミリアさん達にエルフが何か言ってきたら、僕の方からガツンと言ってやりますから」

「いや、だが、しかし……」

「しかしもかかしもありません！　でも……一度皆のところに帰るっていうのは賛成です。もしよければその時に、他のダークエルフ達も連れて来てください」

皆のためになら、父さんにだって反抗してみせる。

そんな風に腹をくくったおかげか、今の僕は自分でも驚くくらいに大胆になっていた。

ナージャとアイラという大切な女の子がいると改めて自覚したのも大きいだろう。

もしかすると今までずっといい子ちゃんで育ってきた反動で、少しだけハイになっているのかもしれない。

でもそれならそれでいいとも思う。今の勢いを殺してしまう方が、よほど駄目なことな気がしていたからだ。

というわけで僕はミリアさんの提案を却下し、他のダークエルフ達もツリー村に呼んでしまうことに決定したのだった。

次に考えなくちゃいけないのは、コンラート家がどう動いて、それにどう対応するかだ。

それを決めるためには、コンラート家が持つ公爵領の情報が欲しい。

そしてそれを得るのに僕が一番信頼を置ける商人は、ランさんをおいて他にいない。

果たして彼女をそこまで信用していいものか。

シェクリィさんなんかは懐疑的だったけれど、僕はランさんのことを信じている。

早速彼女を呼び出し、事と次第の説明をしてしまうことにした。

ランさんはあんまり商人らしくない、真《ま》っ直《す》ぐで素直な人だ。

彼女を相手にするのなら、変に隠すより真っ向勝負でぶつかった方がいい。

「……というわけで、コンラート領全体の情報を色々と集めてきてもらいたいんです」

僕はランさんに何一つ隠し立てをせず、全てを話してしまうことにした。

そんな僕の真剣な態度を見て……ランさんは一つ、大きなため息を吐《つ》いた。

「責任重大じゃないですか……そんな大切なことを、私に任せてもいいんですか?」

「はい、というか……僕にはランさんくらいしか頼れる人がいませんので」

もちろん僕らにできる手立ては講じるつもりだが、それだけでは到底足りない。

学生時代の頃の友人達や、信用のできる人達と手紙のやりとりはするつもりだけど、彼らは別に公爵領に住んでいるわけじゃない。手に入る情報はどうしても又聞きのものになってしまう。

そして半ば追放される形でここにやってきた僕と現在も行方不明扱いのナージャでは、下手に公爵領に行くことはできない。

砂漠の民は僕達王国の人間にアレルギーがある人も多いし、ギネアに暮らしている人達は住む場所を追い出されてこちら側に来るしかなかった人達だ。

人材の少ない僕達では、ランさんに頼るしかないのである。

でもたしかに、無茶なことを言ってしまったかもしれない。

少し不安になりながらランさんの方を見ていると、彼女は自信ありげな様子で頷《うなず》いてくれた。

「任せてください。冒険者と商人の二つのネットワークを駆使すれば、情報なんてあっという間に集めてみせますよ」

「あ……ありがとうございますっ！」

でも商人はわかるけど……冒険者のネットワーク？

あ、護衛の『白銀の翼』の人達の力も借りるってことかな。

まあなんにせよ、これで情報は集めてもらえそうで良かった。

今のコンラート家がどんな立ち位置なのか。

どれくらいの力を持っているのか、周囲の領主達との関係はどうなのかといった問題についてしっかりと理解しておかなくちゃいけないからね。

こうしてランさんに情報収集を任せることができた。

あと考えなくちゃいけないのは……。

ランさんと別れ、ナージャとアイラと三人で改めて話し合いをすることになった。

「最悪の場合、コンラート家だけではなくうちのトリスタン家が参戦してくる事態も考えられる。そうなった場合にはウッディの父である『大魔導』ではなく、私のバカ親父《おやじ》である現役の『剣聖』まで出張ってくることになる。そうなれば流石《さすが》に勝つのは難しいだろう」

「つまり僕らとしては、なんとか最小限の被害に収められるようにする必要があるってことだよね」

こくり、とナージャが頷く。

僕らは自衛ができる程度の戦力しか持っていない。

そもそも戦ったら間違いなく犠牲が出るし、なんとしてでも争い以外で決着をつける必要がある。よしんば争いになったとしても、すぐに戦いを終えられるような状況にするのがベターだ。もちろん、戦わないならそれが一番いいんだけど。

でも戦国の乱世でそれをするための方法は限られてくる。

僕はピッと人差し指と中指を立てながら、アイラ達の方へ顔を向ける。

「僕らがコンラート家の支配から抜け出すための方法は、二つしかない。一つはこの領地を王様直轄の領地にしてもらうこと。そしてもう一つの方法は……僕がコンラート家を出て新たな貴族家を興すこと」

どちらの方法にもメリットとデメリットがある。

まず前者の王様の直轄地にしてもらう方法のメリットは、やはり王様の名前を利用できるということだ。

コンラート家が所属している王国は、その名をアリエス王国といい、現在の国王は、バリー三世という。

彼の王国での影響力が減ってきているとはいえ、王様っていうのは王国のトップだ。

王国貴族としては、どうしてもその権力をある程度は認めざるを得ない……みたいな風潮は、未《いま》だに存在している。

ぶっちゃけてしまえばそんなことは知らんと攻め取ることもできちゃうんだけど、そんなことをすれば周囲の貴族達から攻撃を受ける理由をみすみす与えることになってしまう。

そのため国王直轄の天領という形にしてもらえば、コンラート家はうかつに動けなくなるだろう。

こちらのデメリットは何かというと、メリットと同じで王様の存在だ。

僕がウェンティの領主代行になった場合、僕は王によって利用される存在になる。

いくつかパターンは考えられるけれど、どうなるかはまったく予想がつかない。

自分で言うのもあれだけど、僕の素養は汎用性《はんよう》が高い。

僕らが父さん達がやるだろうなと想像しているように、色んな領地をたらい回しにされ食料生産業に従事させられる可能性は十二分に考えられる。

故に僕が狙うのは後者――国王陛下に僕が新しい貴族家を興すことを承認してもらうことだ。

そちらの方が国王からの許可を得なくちゃいけなかったり、ただ貴族家を興しただけではコンラート家を始めとする他の貴族家達に攻め入られる可能性があるため、難易度は高い。

けれど僕がここの領主を続け、かつ砂漠の皆を守るためにはそうする必要がある。

そのために必要な手は、ガンガン打たせてもらうつもりだ。

「実はランさん達には、情報収集以外にもいくつかやってもらうつもりなんだ」

「初耳ですね……一体何をなされるつもりなんです？」

「そんなの、決まってる」

不思議そうな顔をするアイラの前に、僕は手を出した。

そして手のひらの上に、収穫袋から取り出したとある果実を出す。

その金色のフルーツを見て、アイラ達がハッと息を飲むのがわかった。

「――世界樹の実を売っちゃおうと思ってね」

「僕達には圧倒的に足りていないものがある。それは――資金力と人の数だ」

「たしかに、砂漠ではお金自体がほとんど流通していないし、そもそも使う機会もあまりないしな……」

「それらを補うために、世界樹の実を売るということですね？」

「うん、それにせっかくみんなで作ってきた村の特産品なんかも、この機会に王国で売っちゃおうかなとも思ってるよ」

以前シムルグさんは、世界樹の実が一つあれば白金貨千枚以上で売れると言っていた。

ドライフルーツにしてしまえばある程度日持ちはするはずだし、水魔法使いに氷漬けにしてもらってもいい。

とにかくこれを売ればとんでもない大金が手に入るはずだ。

もちろん、ただ世界樹の実を売るだけで終わらせるつもりはない。

今までに皆が作ってきたドライフルーツやエレメントフルーツ、ピーチ軟膏《なんこう》にフルーツティーまで。

今まで砂漠の内側にしか流通させていなかったものを、王国の中で売ってしまうつもりなのだ。

自慢じゃないけれど、うちのフルーツはそんじょそこらの王侯貴族の口に入るようなものよりもはるかに甘みが強く、高級感がある。

余所《よそ》の村とはとにかくうちの名前を売ることを目的としての交易だったから、いわゆるお友達価格というやつだった。

けれど今回はターゲット層を王国のお金持ちに絞って、しっかりとした適正価格で売るつもりだ。

王国のフルーツ市場がどんなものかはわからないけれど、まず間違いなくかなりの高値で取引されるはずだ。

一度食べればフルーツ中毒になること間違いなしの、ウェンティ印の高級フルーツ。

ウェンティのフルーツというブランドを認識してもらうために、お金稼ぎをしながら同時にうちのフルーツを王国の流通網に乗せてしまおうというわけだ。

そして僕はそれらによって得られた利益を使い、もう一つの問題である人口について解決するつもりだった。

「フルーツの売買によって生み出した金で僕は――ランさんに奴隷を購入してもらう」

「奴隷……ですか」

「奴隷か……」

アイラとナージャの態度は、あまり好意的ではない。

二人とも、奴隷という存在に色々と思うところがあるのだろう。

奴隷という言葉にあまり良いイメージがない王国民としては普通の考え方だ。

生活に馴染《なじ》んでこそいたものの、僕だって違和感を覚えたことは何度もある。

「とりあえず戦争奴隷と労働奴隷を買い漁《あさ》ろうと思っている。今はもう大抵の生活必需品ならツリー村とギネア村で作れるから、稼いだお金をありったけ使う感じでいくつもり」

奴隷には戦争奴隷、労働奴隷、犯罪奴隷という三種類がいる。

戦争奴隷は名前そのまま戦争によって捕虜に取られた奴隷だ。

最近王国は他国と大がかりな戦争はしておらずせいぜいが紛争程度のため、現在王国内にいる戦争奴隷は領主同士の争いによって奴隷になってしまった王国の兵士であることが多い。

労働奴隷は借金が返せなくなったり、なんらかの事情があって奴隷の身分に堕《お》とされてしまった人のことだ。

そして犯罪奴隷は犯罪をして、その身分を奴隷に堕とされた人のことを指している。

犯罪奴隷は奴隷として働くこと自体が刑に含まれているけれど、戦争奴隷と労働奴隷はあくまでも奴隷契約である。

なので買った人が奴隷契約から解放することや、奴隷が自分の価格分の金銭を支払うことで自分を買い取ることもできる。

奴隷から解放された人は、自由民として生きていく。

自由民の子供は平民になるため、自由民という立ち位置が代々受け継がれていくことはない。

奴隷の子は奴隷になってしまうけど、奴隷を抜け出せれば子供は奴隷にはならない。奴隷制を採用している国の中では、うちのやり方は比較的穏当な方ではあると思う。

他国では禁止しているところもあるし、そこと比べちゃうとあれだけどさ。

「少なくとも現状では、奴隷は合法。それなら僕らが好きに使っても問題ないでしょ？」

「ウッディは奴隷をどうするつもりなんだ？　たしかに手っ取り早く人口を増やすのには使えるかもしれないが……奴隷はやる気がないから、後々問題になりかねないぞ」

奴隷は基本的には、極めて低賃金な労働者と考えて良い。

奴隷を使う側の人間からすると、当然ながら労働コストは抑えられるだけ抑えたい。

そのため奴隷がどれだけ頑張ったところで、それが日々の報酬に反映されることは滅多になく、結果として奴隷を使った産業は生産性があまり高くならないことが多い。

けどそこら辺は既に織り込み済みさ。

「問題ないよ。だって僕は遠慮なく奴隷を買い漁ったら……さっさと解放しちゃうつもりだからね」

「大量にお金を払って買った奴隷を……解放してしまうのですか？」

信じられない、といった顔をしているアイラ。

たしかに奴隷は物であり、所有者の財産であるという王国での一般的な考え方からすると、少し変な風に見えるのかもしれない。

けれど僕は別に、義理人情とか奴隷がかわいそうだとか、そういった感傷的な理由から奴隷を解放するわけじゃない。

僕が彼らを奴隷から解放してウェンティで暮らす自由民にしてしまおうと思っているのは、その方が僕にとっても彼らにとっても間違いなく良い結果になるだろうという合理的な判断からである。

「一度買ったらそれ以降タダで使える労働力なんて、別に今のウェンティには必要ない。今うちに必要なのは僕のことを慕ってくれて、しっかりとやる気を出して働いてくれる領民だもの」

奴隷から解放するだけで恩が売れるのだから、正直僕からすると得しかないのだ。

奴隷身分から解放し、彼らに衣食住を与えてしっかりとした生活をさせる。

それだけで笑顔ポイントは溜《た》まっていくだろうから、僕も彼らも皆ハッピーになれる。

「色々やるにしてもさ。せっかくなら僕の領地で暮らす人達には、皆幸せになってもらいたいもの」

「……ふふっ、ウッディ様は変わりませんね」

「それでこそ私のウッディだ！」

「私のウッディ様でもありますけどね」

「――なんだとおっ⁉」

再び喧嘩《けんか》を始める二人を見ながら、僕は収穫袋から取り出したモモを食べることにした。

僕の素養は、皆を幸せにすることができる可能性を持った、すごい素養だ。

今まではあまり好きではなかったはずなのに、今では僕に与えられた素養が『植樹』であることが、こんなにもありがたい。

他の貴族達からすると、甘い考えと言われるかもしれないけれど。

僕はこの『植樹』の力を使って、できることなら王国に暮らす人達全てに幸せのお裾《すそ》分《わ》けができたらと思う。

そのためにまずは一歩一歩、着実に進んでいかなくちゃね。


大量の笑顔ポイントを集め、ウッドゴーレムだけで防衛ができるほどに樹を植えまくる。

僕が思いついた中で、一番リスクの少ない方法を取るために頑張らなくちゃ。

僕の素養は、人が多ければ多いだけ、その力を増していく。

だが僕の場合、スキルを行使するためにはとにかく多くの笑顔ポイントがいる。

つまり誰かを笑顔にしながら、同時にウェンティの防衛を整えることもできるってことだから、やらない手はない。

そのせいでこのウェンティの価値に気付かれてしまっても構わない。

どうせ遅かれ早かれ感づかれることにはなるんだから、それなら取れる方法はさっさと取ってしまった方がいいというわけだ。

戦争を起こさず平和を守るためにはエルフとの国交を報告し国王陛下とやりとりをしている間に、余所の領地に負けないくらいの武力を持つしかない。

戦わないために強くなるっていうのは、改めて考えても変な話である。

なので僕らは外貨の獲得とそれによる奴隷の獲得以外にも、人口増加のための策を練ることにした。

それは以前から存在こそ知っているものの、積極的に交流してくることのなかった砂漠の民達のウェンティへの編入である。

王国難民が作った村々は既に吸収し終えているけれど、何十年も前からこの砂漠地帯に居着いている砂漠の民は、このツリー村にいる人達を除くとまだそれぞれが点在して集落を持っている。

以前ランさん経由で話をした時はずいぶんと居丈高でこちらに来る様子はなかったんだけれど、事態がこうなってくると人は一人でも多い方がありがたい。

僕的にはウェンティが豊かになって向こうから焦ってやってくるのを待とうと思っていたんだけど、せっかくだしこの機会にまとめて僕の領地に編入できたらと思う。

別に重たい税を課すわけでもないし、少なくとも食糧難や水不足が解消できるのだから、向こうにとってもこっちにとっても両者win－winになってくれるはずだしね。

「それではお願いします」

「お任せくださいウッディ様、このジンガ、なんとしてでも全域をウッディ様の領土に編入してみせましょう」

マトンやシェクリィさん、ジンガさんに周辺の集落へ話をつけてもらうようにお願いしておく。

前者二人はこの村の中でも色々とやることがあるから手紙を書く形でなんとかするみたいだけど、どうやらジンガさんはその身一つで集落を巡っていくつもりのようだ。

砂漠の民はどちらかというと人、より具体的に言えば同胞や同じ集落達との仲間同士の繋《つな》がりをとても大切にする。

なので直接出向くジンガさんのような人が信頼されることも多い。

僕は護衛用にアイスウッドゴーレムを一体連れて行ってもらい、旅が快適になるように世界樹も持たせておくことにした。

そして一人旅立っていくジンガさんは、ツリー村を出て北へと向かうのだった。

◇◇◇

人的な被害を出さずに武力だけ増やそうとしたら、やっぱりウッドゴーレムを大量に作っていくのが手っ取り早い。

けれどホーリーツリーやダークツリーなんかの新しい樹が増えたことで、エレメントフルーツには更に幅が出た。

それに光の板の情報によれば、この樹を使えば更に強力なウッドゴーレムも作れるようになるらしい。

その上そこに樹木守護獣の力も組み合わせれば……他の領主達が容易《たやす》くは攻められないと思うくらいの戦力にはなってくれるはずだ。

なので僕はとりあえず現状で出せるウッドゴーレム達を確認していくことにした。

戦力の確認ができるように、魔物に詳しいナージャとシムルグさんと一緒に検証を進めていく。

「まず最初に、樹木守護獣がどれくらい魔物を強くすることができるかの確認をしていこうと思うよ」

今回の検証で僕が目指すのは、一番コスパ良く戦力を増強できる方法だ。

まず最初に、普通のウッドゴーレムを出す。

次に樹木守護獣を出して、ウッドゴーレムに守護をつけさせる。

そこにもう一体ウッドゴーレムを出して、両者を戦わせてみた。

するとやはり、樹木守護獣がついたウッドゴーレムの方が明らかに強い。

動きもなめらかで、攻撃の速度も全然違う。

普通のウッドゴーレムを足してみたところ、守護のついたウッドゴーレム一体と守護なしのウッドゴーレム三体が大体同じ強さだった。

樹木守護獣を一匹出すのに必要な笑顔ポイントは10。

そして樹木守護獣が守護を与えられる数も10まで。

樹木守護獣を使った場合、必要な笑顔ポイントは樹木守護獣一匹とウッドゴーレム十体で10＋40＝50ポイント。

純粋なウッドゴーレムの戦闘能力だけで考えても、これと同等の強さを守護獣なしで出すには、ウッドゴーレム三十体分＝120ポイントが必要になってくる。

更に言えばここに樹木守護獣自体の戦闘能力も足されるわけだから、やっぱりどう考えても樹木守護獣を使った方が強い。

なるべくなら笑顔ポイントを有事の時のためにとっておきたいなぁと考えていると、ナージャがいいアイデアを出してくれる。

「ウッディ、どうせなら各家に防犯用に置いている樹木守護獣達にも協力してもらったらどうだ？」

「――たしかに！　完全に忘れてたけど、彼らはハウスツリーしか守護してないからまだ枠には余裕があるはずだもんね」

ということで樹木間転移をしてシェクリィさんに樹木守護獣の力を借りる旨を皆に伝えるようお願いしてから、再び戻ってくる。

次にするのは、樹木守護獣とウッドゴーレムの相性についてだ。

現在出すことができる樹木守護獣はファイアキャット、ウォータードッグ、ウィンドピッグ、アースモールの四種類。

おあつらえ向きというか、ちょうど四つの属性がそれぞれついている。

エレメントウッドゴーレムを出すためにはエレメントツリーとウッドゴーレムを出し、それを交配させるために笑顔ポイントを20使う必要がある。

そしてその強さは、ウッドゴーレムでは相手ができないくらいに強い。

試しに守護ありウッドゴーレム五体とエレメントウッドゴーレム一体で戦わせると、結構いい勝負になった。

それなら次はと、ファイアウッドゴーレムにファイアキャットの守護をつける。

するとぼうっとその身に纏《まと》う炎が明らかに強くなった。

戦わせてみると、ウッドゴーレムであれば守護があろうとなかろうと相手にならないくらいに強くなったことがわかった。

「あ、そういえばやられたウッドゴーレムの守護はどうなるんだろう？」

ファイアウッドゴーレムが燃やし尽くしてしまった守護ありのウッドゴーレム。

この分の守護はどうなるのだろうと思い確認してみると、ウッドゴーレムを担当していた樹木守護獣は、また新たな守護を与えることができるようになっていた。

使い切りというわけではなく、ウッドゴーレムが消えたらまた新しい守護を別の個体に与えられるってことみたいだ。

それなら樹木守護獣は前線で使うより、後ろの方でウッドゴーレムに守護を与える役目で使った方が有用そうだ。

そのあともパターンを変えて試してみる。

やはり予想通り、一番強いのは同じ属性の守護をつけた時だった。

ウッドゴーレムの時と同様、やっぱり守護ありのエレメントウッドゴーレムを揃《そろ》える方が戦力的には頼りになりそうだった。

「さて、それなら次はお待ちかねの新しいエレメントウッドゴーレム作りに行ってみようか」

「おおっ、待ってたぞ！」

新たなエレメントツリーであるホーリーツリーとダークツリーを出し、既に出してあるウッドゴーレムと交配をする。

するとうっすらと白みがかったウッドゴーレムと、真っ黒でちょっと怖い感じのウッドゴーレムが誕生するのだった。


「ホーリーウッドゴーレムの方は一見するとほとんど普通のウッドゴーレムと変わらないね」

ホーリーウッドゴーレムの方は、少し白っぽい。

白く塗られているというより、材木自体が白い感じだ。

「よく見ると、光ってるな」

「あ、ホントだ」

目を細めてよく見てみると、たしかに身体からうっすらと白い光が出ているのがわかった。

ただ他のエレメントウッドゴーレムと比べると、少し地味な気がしないでもない。

「対してダークウッドゴーレムの見た目はずいぶんと特徴的なのである」

「そうですね、なんだか周囲までゆがんで見える気がします」

そしてもう一体のダークウッドゴーレムの方は、見た目がめちゃくちゃダークだった。

まずその身体が真っ黒。

ボディは漆塗りのようになっているけれど、光沢のないマットな仕上がりになっている。

このウッドゴーレムをバラしてそのまま机の原料とかにしたら、すごい高級なやつができそうだ
……もちろん、そんなことはしないけどね。

ダークツリーは周囲の光を奪う特性を持つ漆黒の樹だったけれど、ダークウッドゴーレムの方にもそれはしっかり受け継がれているみたいだ。

周囲の光を取り込んで、身体の表面を覆うように闇が展開されている。

試しにホーリーウッドゴーレムとダークウッドゴーレムをくっつけてみると、光と闇が打ち消し合って普通の空間になった。

そして少し離れてみると、また光と闇が生まれるようになる。

それを見て僕はふと疑問に思ったことがある。

「シムルグさん、そもそもの話、光と闇ってなんなんですか？　基本的に魔法は四属性ですよね？」

この世界の魔法は、基本的に四つの属性で区分されていることが多い。

現在主流なのは、世界は四つの元素によって生まれているという四大元素思考をもとにしている、属性別分類という考え方だ。

生命そのものを生み出した火。

命の源泉である水。

神の息吹である風。

人のもとになっている土。

そして光属性と闇属性は存在は確かめられているものの、四属性とは別の系統外魔法として分け

られている。

多分光と闇の樹木守護獣がいないのもそのあたりに理由があるんじゃないかなと睨《にら》んでいるのだけど……シムルグさんの答えは、僕の想像していたものの斜め上だった。

「そもそもの話をすると全ての魔法の素になっているのが、光魔法の生み出す白色魔力と闇魔法が生み出す黒色魔力なのである。これをまとめて、エーテルなどと呼ぶことも多いのであるな」

「……え、そうなんですか？」

「エーテル理論か、これまたずいぶんと古いものを……」

「知ってるの、ナージャ？」

「ああ、今では誰も唱えないようなかなりホコリを被《かぶ》った考え方だな」

僕は聞いたこともなかったけれど、どうやらナージャはエーテルというものの存在を知っているらしい。

エーテル理論というのは、そもそもこの世界における超常現象は全てエーテルによって引き起こされているという考え方のことらしい。

たとえば魔法が起こせるのは黒と白の原色魔力であるエーテルがこの世界に存在しているから。

魔物はエーテルによって変質してしまった生き物で、魔道具が色々な効果を発揮するのはエーテルを利用しているから。

そして極めつけに、素養というシステムにもエーテルが深く関わっているのだとシムルグさんは言う。

にわかには信じがたい話だ。見ればナージャも難しそうな顔をして眉間《みけん》にしわを寄せている。

……なんだか急に難しい話になったから、ことの真偽は一旦《いったん》おいておくことにしよう。

果たしてこの二種類のウッドゴーレムには何ができるのかというところまで話を戻す。

「ホーリーウッドゴーレムは恐らく白色魔力を使った……人で言うところの簡単な回復魔法程度であれば使えるだろう」

「こんなごついなりをして、この子は衛生兵なのか……」

試しに僕を治してみてと命令をすると、ホーリーウッドゴーレムから白い光が降り注いでくる。

なんだか……ちょっと気持ちいい。

たしかに以前怪我《けが》をした時に光属性の魔法使いが使っていた、回復魔法に似ているような気がするな。

「おおっ、ヒビが治るだけじゃなくてくっついたぞ！」

ウッドゴーレムにも使ってもらうと、びっくりすることに傷がみるみるうちに癒えていった。

どうやらこのホーリーウッドゴーレムの真価は、同じウッドゴーレムを癒やした場合に発揮されるらしい。

先ほどの戦いで傷ついたウッドゴーレム達に使ってみたところ、取れた腕をくっつけるくらいのことなら難なくできたし、身体にできたヒビ割れや傷なんかもあっという間に治すことができた。

それにどうやら魔法を使って治した相手の魔力を回復させる効果もあるらしく、ファイアウッドゴーレムを治すと火の勢いが強くなっていた。

ちなみにそれだけの回復魔法を使っても、ホーリーウッドゴーレムにはまだまだ魔力が余っていた。

これならウッドゴーレムをいくらでも治すことができそうだ。

今までは大きなダメージを受けたウッドゴーレムは損傷していない部分同士を結合させて運用させるしかなかったけれど、これでウッドゴーレム自体の数を減らすことなく戦線に復帰させることができるようになるだろう。

続いてはダークウッドゴーレムだ。

「君にしかできないことをやってみて！」

何ができるかわからなかったためそう命令してみると、ダークウッドゴーレムが黒いオーラのようなもやもやを飛ばした。

丸っこい形をしたその球が地面に着弾し、消える。

見てみると、先ほどまで黒玉があったところの地面がえぐれていた。

「なるほど、ダークウッドゴーレムは遠距離攻撃が得意と……」

他のエレメントウッドゴーレム達も自身の属性を使った遠距離攻撃は一応できるけれど、その威力はさほど高くなかった。

水や火自体を出すことはできても、それを攻撃魔法にして飛ばしたりすることはできないからね。

けれどこのダークウッドゴーレムのエネルギー弾であれば、十分に遠距離攻撃として通用しそうだ。

下手な魔法使いのファイアアローとかよりも威力が出ているかもしれない。

「一度私に向けて打たせてみてくれ」

威力を確かめたいと言われたので、ナージャにエネルギー弾を飛ばしてもらう。

ばっさりと二つに断ってみせたナージャは、ふむと頷《うなず》いて剣を鞘《さや》へと戻した。

そして……。

「この黒いエネルギー弾……黒弾だが、恐らく初級魔法程度の威力はあるな。攻撃範囲もそこそこ広いから、弓よりよほど使えると思うぞ」

とお墨付きをもらえた。

黒弾か……なんだかかっこいい名前なので、採用しちゃうことにしよう。

この黒弾は、ウッドゴーレム初の遠距離攻撃の手段だ。

どれくらい打ったらガス欠になるんだろうかと何発か打たせているうちに、あることを思い出した。

そういえばダークツリーって、一ヶ所に固めれば固めるだけ闇が濃くなっていったよね。だとしたらあれをダークウッドゴーレムでやったらどうなるんだろう？

思い立ったので試してみると、また新たな特性が判明する。

どうやらダークウッドゴーレムを密集させてから黒弾を打たせると、バラバラに複数の黒弾ができるのではなく、大きな一つの黒弾ができたのだ。

五体を密集させて打った黒弾はナージャの見立てでも中級魔法以上の威力があり、相手が魔法使いであれば防御の魔法を貫くくらいの威力が出ているという話だった。

「これにホーリーウッドゴーレムの魔力回復効果も重ねれば、弾数無限で遠距離攻撃し放題になるんじゃないか？」

残念ながらナージャの予想は外れた。

ホーリーウッドゴーレムの回復効果は、なぜかダークウッドゴーレムにだけは効かなかったのである。

「白色魔力と黒色魔力は相反する性質を持つ。二つを合わせればただの純粋なエーテルになるだけなので、消えたも同然な状態になってしまうというわけなのである」

シムルグさんの説明を受けてもちんぷんかんぷんだったけど、二体はある程度離して運用しなければいけないということはわかった。

ホーリーウッドゴーレム自体も普通のウッドゴーレムよりは強いから、ホーリーウッドゴーレムは中距離あたりでゴーレムを治しながら戦ってもらって、ダークウッドゴーレムには遠距離で黒弾を打ってもらう形になりそうだ。

とりあえずゴーレムだけで相手を可能な限り削って、それでも近寄られたらサンドストームを始めとしたフルーツで武装している皆の手を借りて戦えば良いだろう。

これで戦うことになった時の対応策はばっちりだ。

あとはアシッドみたいな強力な素養持ちへ対応する方法を見つける必要がありそうだね。

ああでもないこうでもないと色々とウッドゴーレムを使った戦い方を模索したり、光の板から得た情報をもとに試したりするうちに、ようやく僕が今作れる最強のウッドゴーレムのおおまかな形が見えてきた。

もちろんそれと同時並行で、村人の獲得も忘れてはいない。

僕だけじゃなく、ウェンティで生きる人達皆が奔走し、自分が活躍できる場所でその力を発揮させていく。

そしてあっという間に時は流れ……アカバネさんがエルフの里に着くだろうと言っていたタイミングがやってきた。

なので僕は樹木間転移を使い、ナージャとアイラと一緒にエルフの里へと向かうのだった。

やってきた場所は、僕が見たことのない森の中だった。

周りの樹高もかなり高く、周囲を見渡しても視界はほとんど大きな樹々によって遮られてしまっている。

上の方で日光を受けているらしく、全体的に薄暗い感じになっていた。

「ウッディ殿、お久しぶりにございます」

「アカバネさん、しばらくの間よろしくお願い致しま……す……？」

目の前には世界樹を抱えたアカバネさんがいるのだが、その様子がどうにもおかしい。

しゅんとしているというか、申し訳なさそうに肩を縮こまらせていた。

その後ろに控えているメゴとマゴも、どこかばつが悪そうだ。

「ウッディ殿、実は……」

現在僕が転移してきた場所は、エルフ達が暮らしているビビの里から少し離れている森の中。

エルフ達が魔物避《よ》けの結界を張っている場所から少し離れたこの場所にいる理由は、実に単純だった。

要はエルフ達から、僕ら人間を里に呼ぶ許可が出なかったのだ。

「あれだけ大言壮語しておきながらこの体たらく……大変申し訳ございませぬ！」

「大丈夫ですよ、これは事前に予測していたことでもありますし」

「――なんとっ⁉」

エルフ達はかつて人間の奴隷狩りに遭ってきた歴史がある。

人間の何倍もの寿命を生きている彼らにとっては、その記憶はまだまだ風化していないのだろう。

だから僕らが拒絶される可能性は考えていたし、その対応策だって用意している。

僕は一度樹木間転移を使って一人で戻り、そしてもう一度森の中へと帰ってくる。

その手には……。

「ですわぁ……」

少し緊張した様子でぷるぷると震えている、リボンのついた神鼠《しんそ》の娘のレベッカの姿があるのだった。

エルフ達にまともな説得をしても、到底事態は解決しない。

それなら今まで通り、神獣様の威光を使ってしまえばいい。

その目論見《もくろみ》は、見事に成功した。

僕らは神獣とその使いであると触れ込むことで、実にあっさりと里の中へと入る許可を出してもらうことができたのだ。

「この子の使いというのは、なんだか納得できないが……むむむ」

「頬を膨らまさないの。入る許可を得られたんだからそれでよしとしておこうよ」

まず見えてきたのは、うっすらと光っている様子のオレンジ色の結界だ。

ツリー村やギネア村に張られているものに似ているけれど、やはり細部が違う。

シムルグさんやホイールさんが聖域を守る神獣となったことで生まれた結界は、彼らが自由に大きさを変えることができる。

彼らは今後の人口や作付面積の増加のことを考えて、結界の形に幅を持たせている。

また今まで何度か形を変更したこともあるので、その形状はいくつかの図形を重ね合わせたような少しいびつな形になっている。

けれどエルフの里を覆う結界は、まん丸なドーム状になっていた。

魔力が均一に流れているということだから、恐らく里を守る結界は完全な半球形になっているんだろう。

人口の増減が緩やかで聖域の形状を変える必要のない彼らだからこそ、この形で問題ないんだろうな。

「でも……いくらエルフとはいえ、本当にそんなことが可能なのかな？」

僕はエルフ達の考え方をよく知らない。

彼らは人間と比べるとなんでも長い目で見るらしいけれど、にしても森を伐採したり自分達の住める領域を増やそうという気にはならないんだろうか。

何百年も同じ場所で暮らしていれば、必要に駆られて聖域を広げることもあると思うんだけど。

僕の疑問は、エルフの長老達との話によって氷解することになる。

なんとこのエルフの里には――聖域を動かすことのできる神獣が、いなくなっていたのだ。

エルフ達の政治は、長老と呼ばれる長生きしているエルフ達による合議制で決められている。

僕らはこの里のお偉いさんである長老達が集まっている会議室へと呼び出されていた。

「おじゃましま〜す……」

中に入ってみると、そこにいたのは初めて見るよぼよぼのエルフ達だった。

ただ中にはまだ若い、それこそ二十代にしか見えないようなエルフも何人かいる。

長老達のリーダーと思われるのは、テーブルのお誕生日席にいる女性のエルフだ。

彼女は他の人達よりも更に若く見え、僕とそう変わらない年齢にしか思えない。

「私はファナと申します」

「僕はウッディと申します。よろしくお願いします、ファナ様」

「神獣様とその御使《おつか》い様……というよりかは、仲のいいパートナーといった感じですね」

「そ、そんなのはまだ早いですわっ！」

なぜか焦りだしたレベッカをあやしながら、内心で冷や汗を掻《か》く。

どうやらファナさんには、全てバレてしまっているようだ。

よく見ると彼女の耳は、他の人達と比べて長かった。

僕が観察していたのかわかったのか、彼女が首をわずかに傾《かし》げる。

「ハイエルフを見るのは初めてですか？」

「なるほど、道理で……はい、初めてです」

ハイエルフというのは、始祖エルフに最も近いと呼ばれる存在だ。

寿命も一般的なエルフの何倍もあり、千年を超える時を生きることができるという。

どうやら彼女はこの里ができた時からここにいる、ビビの里の重鎮らしい。

だったら話が早い。

彼女と話を通してしまえば、一気に話が進むはずだ。

「アカバネさん達から話は聞きました。調査隊の方は、地脈の異変の原因を見つけたのですか？」

「ええ、発見しました。といっても……今の私達では、容易に手出しのできぬ相手ですが」

「よければ、詳しい話を聞かせてもらえませんか？　もしかしたら僕達も、手を差し伸べることができるかもしれません」

「地脈から魔力を吸い上げていたのは、カリカ草原に居座っている強力な巨人族――ギガファウナだったのです」

「カリカ草原だって⁉」

声を上げたのは、僕の後ろで有事の時のために控えていたナージャだ。

彼女の顔色が明らかにおかしいと思い話を聞くと、なんとカリカ草原はナージャの実家であるトリスタン家が所有している草原という話だった。

「巨人族はとにかく体力があり、また、強力な魔法抵抗を持ちます。魔法戦を得意とする我らとは相性が悪いのです。私が現地に向かうことができればそれでもなんとかなったでしょうが……現在では結界を張っているためここを出ることもできません」

「え、結界を張っているって、それじゃあ……」

「はい……このエルフの里を守ってくれていた神猫《しんびょう》ヤンピィ様は……既にこの世にはいないのです。世界樹も最近では元気がないこともあり、恐らくこのまま地脈からの魔力供給が期待できないとなると……そう遠くないうちに、枯れてしまうことでしょう」

神獣様が死んでしまい、ハイエルフのファナさんがなんとかして保っている結界。

枯れかけている世界樹と、それを指をくわえて見ているしかないエルフ達。

そして地脈を吸い上げどんどん強力になっているはずの、トリスタン領に暮らしている巨人。このままではトリスタン領に甚大な被害が出かねない。

なるほど、たしかに一つ一つの問題は難題だ。

けれどこれ……僕らなら、全部まるっとまとめて、解決できちゃうんじゃないかな？

僕は考えを自分なりにまとめ……うんと一つ頷いてから、顔を上げる。

「今ファナさん達が抱えている問題、僕らが全部解決してみせます。その代わりと言ってはあれですけど……僕らのお願いを聞いてもらえませんか？」

そう言って笑う僕を見て、ファナさんはきょとんとした顔をするのだった。


今僕がやらなければいけない問題は、いくつもあるし入り組んでいるように思える。

けれど複雑そうに絡んでいる紐《ひも》をほどいてみると、意外とことは単純なように思えたのだ。

まず最初に、僕はミリアさんに持ってもらっていた世界樹のところへ出向いた。

既にダークエルフ達の説得に入っていたミリアさんのおかげで、実にあっさりと合わせて百人ほどのダークエルフ達から、移住をして僕の領民になるという了承をもらうことに成功する。

これはやはり、群れのリーダーであるミリアさんの働きが大きいようだった。

彼女が必死になって僕らの村の素晴らしさを喧伝《けんでん》したおかげで、彼らは少し訝《いぶか》しがりながらもミリアさんを信じて移住を決めてくれた。

まずは彼らを樹木守護獣の効果によって強化した樹木間集団転移でツリー村へと連れて行く。

「なんだここは……」

「せ、世界樹だ、本物の……」

かつて戦争に負け、エルフの里を追われてしまったダークエルフ達。

彼らの世界樹への思いは並々ならぬものがあるらしく、泣き出す人から茫然自失《ぼうぜんじしつ》として呆《ほう》けた様子で世界樹を見上げる人まで、その反応は実に様々だった。

「いいんだ、もう我らはこの場所で暮らしてもいいんだよ……」

ミリアさんとルルさんは彼ら一人一人と言葉を交わし、そして熱い抱擁を重ねていく。

感涙にむせぶ同胞を抱きしめるミリアさんの顔は、我が子を抱きしめる母親のように慈しみに溢《あふ》れていた。

本当の意味で彼らの気持ちが理解できるわけではない僕にできるのは、彼らの心に寄り添うことじゃない。

なので僕はあくまでもウェンティの領主として、彼らにしっかりとした衣食住を保障させてもらう。

「皆さん、食べ物やお酒ならいくらでもあります！　今日は何も考えず、ただひたすらに食べて飲んでください！」

「「「……おおおおおおおっっ‼」」」

自失から立ち直った様子のダークエルフ達が、めまぐるしい勢いで食事をむさぼり始める。

食べながら泣き出している人もいたし、そのあまりのおいしさに気を失いかけている人もいた。

ここから先は、ミリアさん達に任せていれば大丈夫だろう。

くるりと振り返ると、そこには緊張した面持ちのナージャの姿がある。

「それじゃあ、行こうか」

「ああ……しかしどんな顔をすればいいのか……」

僕らは転移を使って次の目的地へと向かう。

その場所とは——ナージャが家出をしたトリスタン家のお屋敷だ。

以前、まだ僕が砂漠の緑化を命じられるよりも前のことだ。

使えない素養だとアシッドに蔑《さげす》まれて落ち込んでいた僕に会いにきてくれたナージャは僕に、

「ウッディの素養を使って、樹を植えてはくれないか？　私にその樹をプレゼントしてくれ」とせがんできた。

そして僕は言われるがままに素養を使って樹を植えた。

そういえば、当時はあれが世界樹だなんて知らなかったんだよなぁ。

なんだか今よりずっと昔のことのような気がして、懐かしさすら感じてしまう。

そう、あの時僕は樹を植えた。

そしてその樹は今も、トリスタン家のナージャの部屋に置きっぱなしになっているはずなのだ。

なので僕はその樹を目印にして、トリスタン家へ直接行くことができるのである。

今までは考えたこともなかったけど……樹さえ植えておけば、奇襲なんかもしたい放題だね、この素養って。

ナージャが飛び出してくる時は自室に置いていたらしいけれど、流石に大きくなってきたからか、今ではトリスタン家の庭らしき場所に植え替えられていた。

ちなみに大きさもかなりのものになっていて、既にその全長は屋敷よりも大きくなってしまっている。

「誰だっ⁉　――って、姉上ッ⁉」

僕らが世界樹を見上げていると、すぐ近くに一人の少年がいた。

僕よりも一歳か二歳ほど若いまだ未成年の彼は、ナージャの弟であるウェイン君だ。

少しナージャを慕いすぎているところがあるものの、基本的にはすごく真面目なトリスタン伯爵家の跡取り息子である。

僕も以前ナージャの家に遊びに行った時に、一度だけ顔を合わせたことがある。

「姉上……姉上ええええええええっっ！」

ものすごい勢いでこちらに飛び込んでこようとするウェイン君の表情は、鬼気迫るものがあった。

ナージャがひらりとその突進を避けると、ウェイン君が思い切り地面に顔を突っ込んだ。

それでもめげずに立ち上がった彼の頭を、ナージャは優しげな表情をして撫《な》でる。

するとウェイン君が石像のように固まってしまい、壊れたブリキ人形のようにギギギと顔を上げる。

「ウェイン、久しいな。息災だったか？」

「はい……ですが姉上が失踪《しっそう》されてからというもの、とにかく気が気ではありませんでした」

「そうか……連絡はしなかったが、私はこうして元気でやっているぞ」

「そう……そうです！　今までどこにいらっしゃったのですか⁉　アシッド殿なんかは怒髪天を衝《つ》く勢いでうちに詰めかけてきて、とにかく怖かったんですから！」

その言葉に、ナージャがこっちを向く。

目が合うとちょっとだけ照れたのか、ふいと視線をわずかに逸《そ》らされる。……かわいい。

続いてナージャに釣られる形で、ウェイン君がこちらを見た。

そして今になってようやく僕の存在に気付いたらしく、驚いた表情をしてこっちを見つめている。

「ウッディ殿……貴殿が、どうしてここに……？」

たしかに、婚約破棄までしているわけだから色々と説明が必要だろう。

けれど同じことを当主であるトリスタン伯爵にもする必要があるだろうし、伯爵のところに連れて行ってもらうことにしようかな。

というわけで僕は訝しげな様子のウェイン君に見つめられ居心地の悪さを感じながら、伯爵の執務室へと向かうのだった。


特に途中で止めたりボディチェックをするようなこともなく、ウェイン君は僕らを執務室へと入れた。

それはつまり、彼のお父さんへの信頼の裏返し。

『剣聖』の素養を持ち『剣鬼』の二つ名で知られているトリスタン伯爵は、『大魔導』を持っている父さんに匹敵するほどの化け物だ。

同じ素養を持っているはずのナージャですら一本を取れたことがないというその古今無双の剣の腕による武勇伝は、枚挙に暇《いとま》がない。

「ウッディ君、久しぶりだな」

「トリスタン伯爵こそ、ご壮健そうで何よりです」

トリスタン伯爵は、齢《よわい》四十ほどの壮年の男性だ。

その巌《いわお》のような体躯《たいく》は見上げるほどに大きく、身体から発されるプレッシャーのせいもあってか気を抜くとあっというまに彼の持つ雰囲気に飲み込まれてしまいそうになる。

伯爵はこちらを見ても動揺した様子もなく、気のよさそうなにこやかな顔をしていた。

ただ完全に気を抜いているわけではないようで、腰に差している剣にはいつでも手をかけることができるようになっている。

「ナージャとウッディ君が二人で屋敷にやって来たと聞いた時は、心底驚いたよ」

「アポイントもなしに、突然の訪問をお許しください」

「何、つまりはそれだけ喫緊の問題が起こっているということだろう？　御託や世辞は必要ないから、早く話を進めてくれると助かる」

伯爵の印象は、ナージャから聞いていたものとはずいぶん違う。

彼女は自分の父のことを、一度キレると手がつけられない暴れ馬だと言っていた。

だからまさか、こんな穏やかな対話ができるとは思ってはいなかった。

ナージャからは、伯爵はなんとしてでも『大魔導』の素養を持つアシッドと結婚させ、コンラート家との友誼《ゆうぎ》を結ぶために躍起になっているという話を聞いていた。だから勝手にナージャを連れていってしまい（厳密には僕が連れて来たわけではないけれど）、今になって二人で帰ってきた僕に対してブチ切れているとばかり思っていたのだ。

「実はですね……」

話ができるに越したことはないので、僕はここにやってきた用件について述べることにした。

僕がコンラート家の屋敷にやってきたのは、巨人族であるギガファウナの情報を伝え、可能であれば伯爵と一緒に共同戦線を張るためだ。

剣と言えばトリスタン、魔法と言えばコンラートというように、トリスタン家の騎士団の精強さは国内でも有名だ。

彼らの手を借りることができれば、非常に心強い。

それに共同で討伐を行うことで、トリスタン家との関わりを持っておきたいという副次的な意味もある。

コンラート家と敵対の可能性がある以上、味方は一人でも増やしておきたいからだ。

「ギガファウナか……厄介だな……」

「伯爵は把握していましたか？」

「いや、だが既に調査隊が潰《つぶ》されていてな。強力な魔物が棲《す》み着いていることは把握していた。まさかそれほどの大物だとは思わなかったがな」

ギガファウナは間違いなく、以前戦ったタイクーンウルフよりも凶悪な魔物だ。

見上げるほどの巨体を持つにもかかわらずその動きは俊敏で、なおかつ強力な魔法耐性まで持っている。

「その情報を私に伝えるということは、共に兵を出して戦おうという提案をするつもりかな？」

「はい、僕らだけでは倒せるかわかりませんので、ぜひご一緒することができたらと」

僕の言葉に頷《うなず》いたトリスタン伯爵は、そのまま詳しい兵数の確認や討伐までのスケジュールについての話を始めてくれる。

打てば響くと言った感じで、トントン拍子に話が進んでいく。

そのあまりのスムーズさに、こちら側が罠《わな》か何かではないかと疑ってしまうほどだ。

「それで、今回は事態を重く見て私が直接……」

「父上」

「なんだナージャ。今は大切な話し合いの最中だ、口を挟むな」

「父上は私やウッディのことを、怒ってはいないのですか……？」

「……はぁ、少しいいか、ウッディ君」

「はい、少しと言わず、いくらでも」

僕の言葉を聞いてから、トリスタン伯爵が立ち上がる。

そしてそのまま……瞬速の斬撃をナージャに叩《たた》きつけた。

な、何をっ⁉

「あぐっ⁉」

「ナージャ！」

ナージャは剣を取って受け身を取ろうとしていたが、彼女の完全でない防御態勢を、伯爵の一撃は実にあっけなくぶち抜いてみせた。

ナージャは吹っ飛びながら地面を転がり、ボールのようにバウンドしていった。

うめき声を上げながら立ち上がろうとするナージャに、伯爵がゆっくりと歩いていく。

コツコツという硬いブーツの音が、部屋の中にいやに響いていた。

「私が怒っていないとでも思っているのか？　ナージャ、お前には貴族の……トリスタン家の息女として生まれた者の義務と責任についてさんざん説いてきたはずだ。まあこの結果を見れば、まったくといっていいほどに理解してはいなかったようだが」

彼が再び剣を握ったところで、僕が慌てて割って入った。

これはもう、親子喧嘩《げんか》とかいう次元の問題ではない。

ナージャは僕の……大切な人だ。

彼女がこれ以上傷つくのをただ見つめるなんてことはできない。

「伯爵、これ以上は止《や》めてください」

「……ウッディ君、そこをどいてくれないか？」

「ウッディ、お願いだ」

驚きながら振り返ると、ナージャが立っていた。

その足取りはふらふらになっていたが、その瞳《ひとみ》は強く輝いている。

彼女がそう言うのなら、それを信じてあげるのが婚約者としての務めだろう。

僕がどくと、ナージャと伯爵の剣がぶつかり合う。

その衝撃は執務室のソファーを切り裂き、白塗りの壁を壊し、窓ガラスをあっけなく割ってみせる。

ナージャと伯爵の身体にいくつもの傷がついていく。

傷はナージャの方が深いが、彼女はたしかに伯爵に食らいついていた。

「トリスタン家当主としての私は、お前の行動を決して許さない」

「母上は私に、『自分が本当に信じられる、彼ならばと思う男を見つけろ』と言っていました！　私は母上から受け継いだ本能に従ったまでのこと！」

伯爵の斬撃が屋敷を割り、衝撃波が天井を吹き飛ばした。

二人は執務室の壁を垂直に上りながら、それでも互いの剣技をぶつけ合う。

「『大魔導』を受け継いだ嫡子を捨てて、『植樹』などというよくわからない素養の男の下に出向くなど、言語道断だ」

「ウッディはよくわからない男ではありません！　彼は彼にしかできない難事を成してみせた！　あのゲス男などと、比べるまでもない！」

「お前のせいでコンラート家との仲は悪化の一途を辿《たど》っている。せっかくなりかけていた和平も、お前のせいで完全に水の泡だ」

二人はそのまま吹き抜けを飛び出して、屋敷の外へと向かっていく。

状況を見守っていた僕とウェイン君は、急いで屋敷を出てそのあとを追う。

二人が向かい合って立っていたのは……植え替えられた世界樹が立っているお屋敷の庭だった。

剣気の高まりから、周囲につむじ風が吹いた。

「……」

「……」

二人とも最大最強の一撃を放つために、爆発させるためのエネルギーを内側に溜《た》め続けているのだ。

そして二人の攻撃が放たれ――五感が奪われるほどの轟音《ごうおん》と光の束が、世界を包み込んだ。

「あたたた……」

耳鳴りのする耳を押さえながら立ち上がるとそこには、傷だらけになりながらも抱き合う、ナージャと伯爵の姿があった。

「ナージャ……よく、帰ってきたな……」

「はい、父上……ただいま、戻りました……」

先ほどまで真剣でガチバトルをしていたのが嘘みたいに、二人は仲直りをしていた。

これがトリスタン家の普通なんだろうか……どうしよう、婿入りした時に、なじめる気がしないぞ。

二人が仲直りをして感動の再会が終わったところで、僕も話の輪に入れてもらうことにした。

「正直なところ私は今でも、ナージャはウッディ君ではなくアシッドと結婚すべきだと思っている」

「父上！」

「だがな……」

伯爵が見上げると、そこにはあれほどの爆発があったにもかかわらず、木の葉一つ散っていない、立派な世界樹の姿があった。

「ナージャの部屋に置いてあったあの樹はみるみるうちに大きくなり、すぐに屋敷に置けぬほどの大きさになった。そして今では屋敷の高さを超えている。にもかかわらず屋敷にいる人間以外に、この樹の姿は見えぬのだ」

世界樹には自己防衛のためなのか、己の姿を隠してしまう性質がある。

一定以上の大きさになった段階で、聖域の外からは見えないようになるのだ。

僕らツリー村の世界樹がどんどん大きくなっているにもかかわらず、未だアリエス王国に捕捉されていないのは、世界樹の持っているこの特性のおかげだったりする。

詳しい仕組みはわからないけれど、恐らくここに置きっぱなしになっていたこの世界樹も、地脈から吸い上げた魔力を使うことで、屋敷の外から身を隠しているんだろう。

「植物学者を呼んでも、こんなものは見たことがないという。この樹を見ているとな、ナージャがウッディ君を追いかけていった理由の一端がわかるような気がするのだ……」

伯爵は細めていた目を開き、僕とナージャの方に向き直る。

ついていた埃《ほこり》を払い、こちらに挑戦的な顔をしながら言う。

「なのでウッディ君——私に見極めさせてくれ。君が本当に、我らがトリスタン領が不利益を被ってまで手を組む必要があるほどの相手なのかどうかをな」

差し出された手を見て、それから伯爵の方を見て、頷く。

そして武骨で傷跡だらけな手のひらを、僕はしっかりと握った。

「任せてください、トリスタン伯爵……ギガファウナ討伐で、僕らの力をお見せしましょう」

「そうかい、楽しみにしているよ」

そう言って、伯爵は世界樹を見つめる。

その鋭い瞳に気圧《けお》される場面もあったけれど……なんとかなったようで何よりだ。

僕は隣に立つナージャと共に安堵《あんど》のため息をこぼし、伯爵と一緒になって世界樹を見つめながら、話し合いを進めるのだった。

「ウッディ君、一つ提案なんだけど……どうせなら他の貴族達も、ギガファウナの討伐に参加させてみないか？」

伯爵の提案は、なるほど僕の望むものであった。

巨人族というのは、ドラゴンやヴァンパイアなどと同じくこの世界にいる最強種の一角を成している。

それを倒すことができるというのはかなり大きなインパクトになる。

僕らの力を見せつけることができれば、そう簡単に攻め込もうと考えることはなくなるだろう。

更にそこで僕らの村で生産している各種特産品や、近頃では採掘量も増えている鉄資源などのやりとりも行っていけば、恐怖と実利の二つで他の貴族達を縛ることができるからね。

けれど僕が想像していた以上に、ギガファウナの討伐は大事になっていった。

その大がかりっぷりは少し怖くなってくるほどで、伯爵の寄子である貴族達の軍の参戦だけに留《とど》まらず、他領からの観戦武官までどんどんと決まるほど。

そのために必要な手続きはどんどんと増えたため、ギガファウナ討伐までに少しの猶予ができた。

そちらで時間がかかっている間に、僕はエルフ達の問題を解決させてもらうことにする。

「これが、ビビの里の世界樹……」

「大きいですわぁ……」

僕らはファナさんによる強引なオハナシによって、エルフの里の奥深くにある世界樹への立ち入りを許可されていた。

ちなみに色々と煩雑な手続きが必要らしく、立ち入りを許可された人間は僕だけだ。

こんな言い方をしたのは、今回の同行者にあのリボンを付けた神鼠の娘のレベッカがいるからだ。

その世界樹の大きさは、僕らのツリー村のそれと比較にならないほどに大きい。

恐らくだけどエルフ達と共に、何百年、何千年という時を歩んできたのだろう。

樹木の周囲の地面には複雑な文様が刻まれ、それを内包するようにとてつもなく巨大な魔法陣が記されている。

どうやらかなり高度な魔法的効果があるらしいけれど、僕にはさっぱり理解できない。

ただなんでも、収穫高が増えたり周囲の魔物を寄せ付けなかったりといった、聖域に及ぼす効果を強化する役割があるらしい。

その周囲に巡らせている魔法陣の光と比べると、樹木から発される光はひどく弱々しく見える。

ついている葉もどこか黒みがかっていて、その先端はわずかに黄色くなっている。

「してウッディ様、どのような形で世界樹を治すおつもりで？」

僕らを案内してくれるファナさんは、何をするのか興味津々な様子で、その瞳をキラキラと輝かせている。

「はい——僕の力とレベッカの力を合わせて、なんとかしてみようかと思いまして」

僕が今回レベッカを連れて来たのは、もちろん伊達《だて》や酔興からではない。

シムルグさんが聖域を作りオアシスを生み出したり、ホイールさんが鉄鉱山を生み出したように、神獣様には地脈を操ってその魔力を利用することができる。

けれど聖域を守護しているシムルグさん達は、聖域を出ることができない。

なので現在でもフリー（って言っていいのかな？）なレベッカを連れて来て、彼女に手伝ってもらうことにしたのだ。

「まずは僕が素養の力を使って色々試してみて、そこからはレベッカに頑張ってもらう形にしようかと」

「微力ながら、私もお手伝い致します」

シムルグさんやホイールさんほどの存在であっても、一度聖域を生み出せばそこから長時間出るのは難しくなる。

現在ビビの里の結界を維持しているファナさんもまた、里を出ることができない状態だ。

もうずっと里の外に出られていないらしい。

里のためとはいえ、あまりにも不憫《ふびん》だ。

それに……ギガファウナ討伐のためには、強力な力を持つファナさんの手も借りたいし、頑張らなくっちゃね。

「よし、それじゃあ……」

今回僕が世界樹をなんとかできると考えている理由は、合わせて三つある。

そのうちの一つ目――樹木守護獣を発動させる。

念じると、脳内に選択肢が浮かんでくる。

【召喚可能な樹木守護獣】

ファイアキャット

ウォータードッグ
ウィンドピッグ
アースモール

脳内に浮かび上がる選択肢を見ながら、考える。

世界樹を再び元気にするために必要な樹木守護獣は一体どの子になるだろうか。

ファイアキャットは樹が燃えかねないから論外で、同じく風も必要なさそうだからウィンドピッグも除外。

世界樹が枯れかけている理由は水不足というより地脈からの魔力不足の方にあるから……それならアースモールにしようかな。

「きゅうっ！」

「あら、かわいらしい」

「きゅきゅっ！」

ファナさんがパンと手を叩《たた》くと、褒められたアースモールは少し鼻高々な様子だった。

それを見て、なぜか悔しそうな顔をするレベッカ。

なんで彼女が悔しそうにするんだろう。

もぐらとモルモットって、ジャンルが違くないかな……？

「この世界樹を守護できる？」

「きゅ……」

アースモールが近づいていき、世界樹に触れる。

僕が植えた樹以外でもできるのかはちょっぴり不安だったけど……自信ありげに駆けていったもぐらさんが樹を叩くと、無事ポンッと鋭い爪のマークが世界樹に浮かんでくれた。

「ん、なんだろうこれ……」

マークが浮かぶところまでは僕が知っている通りなんだけど、よく見るとマークの横に十字が切られているのだ。

四分割のうちの一つが、もぐらとでも言っているような状態になっている。

（これってもしかして……守護獣が四体登録できるってことなのかな？）

物は試しともう一匹アースモールを出して登録させてみると……できた。

予想を裏付けるように、今度は十字の右側に鋭い爪のマークがつけられる。

どうせならもぐらで統一するかと、もう二匹呼び出して同じく守護の登録をさせる。

「――こ、これはっ⁉」

ファナさんが言葉を失いながら見上げる先。

首が痛くなるほどにそそり立っている世界樹が、明滅を始めていた。

樹木守護獣四匹分の加護を得た世界樹の様子が目に見えて変わり始めている。

最初はチカチカッと切れかけのランプのように瞬いていたけれど、その感覚が徐々に長くなっていく。そして数分もすると、最初と変わらぬ光り続ける状態に戻った。

世界樹が発する光は、明らかに強くなっていく。

心なしか葉の緑の鮮やかさも増したように思う。

けれどそれも、考えてみれば当然のこと。

守護を与えればウッドゴーレムは三倍の強さになるのだ。

それが四匹分だから、単純計算で十二倍のパワフルさを手に入れている。

しかし、樹が生長するほど登録できる守護獣が増えるというのは新たな発見だなぁ。

もしかしたらツリー村の一番大きなあの世界樹なら、二匹くらい登録ができるかもしれない。帰ったら、試してみることにしよっと。

「ファナさん、世界樹の様子はどうでしょうか？」

「以前と比べると明らかに元気になっています！　そうですね、大体……三百年前と同じくらいでしょうか」

彼女の話では、元気を取り戻してはいるもののまだ全快ではないらしい。

それなら用意していた二の矢三の矢を使うべきだね。

「この周囲に樹を植えても問題ないですか？」

「それは……はい、問題ないですが……」

よし、許可が取れた。

世界樹の周りをぐるりと回り、張り巡らされている魔法陣の外側まで歩いて行ってから、候補地を選定する。

ファナさんにそこなら魔法陣の効果から外れるとお墨付きをいただいてから、僕は『植樹』の素養を使い――新たな世界樹を植えた。

第二の矢というのは、この地に新たな世界樹を植えることだ。

樹結界《じゅけっかい》が世界樹同士でくっついてより大きなものに変化していくように、世界樹は互いにその力を分け合う……とまではいかないけれど、助け合うようなことができる。

だから一本の世界樹が枯れかけているのなら、別の世界樹を植えておけばいい。

それにこれには、今の問題に対応するためだけじゃない。今後のための狙いもある。

もし今後何か問題が起こってあの一番大きな世界樹が枯れたとしても、その頃にはこちらの世界樹もかなり大きく育っているはずだ。

あの魔法陣を見ているから簡単に木の植え替えができるようにも思えないけれど、僕にできることはしておきたくてさ。

それとこっちは言うつもりはないけれど、いざという時のために里の内側にすぐに転移できるようにもしておこうと思ってね。

トリスタン伯爵家の時もそうだったけど、転移できる場所は可能なら増やせるだけ増やしておいた方が色々と有効だ。

「こ、これは……」

ファナさんは僕が世界樹を植えるのを見て、言葉を失っていた。

そういえばエルフやダークエルフの人達に、この素養を見せるのは初めてのことだ。

今回ばかりは、流石に素養を使わないとどうしようもなさそうだったからね。

それにしても、とんでもない驚きようである。

「これは……スキル……？」

疑問形なファナさん。

どこからどう見たってスキルだと思うんだけど、なんだか彼女の表情は真剣だった。

尋ねてみると、驚きの答えが返ってくる。

「素養とスキルはまったく違うものなのです。ウッディ様のそれは素養の域を完全に超えている……これは完全に、スキルに違いありません」

王国では素養とスキルは同じものだとされている。

堅苦しい言い方だと素養で、よりカジュアルな言い方ではスキル、といった具合に。

けれどハイエルフでありとっても長い時を生きているファナさんが言うことには、この二つは系統が同じであってもまったく別のものなのだという。

ファナさんの言っていることは複雑だったけれど、ざっくりと要約して言うと、素養の上位互換がスキルになるらしい。

「素養とスキルでは、神から与えられた祝福の量が圧倒的に異なります。つまり人間界の女神様が、ウッディ様にそれだけ期待をしているということなのですよ」

素養とスキルは別物。

僕はそれを聞いて、どこか納得する部分があった。

何せ『植樹』は他の人達の素養と比べても……その能力があまりにも多岐にわたりすぎている。

だって領主として領地を治めてさえいれば、一人で食料生産から領地の防衛に至るまであらゆることが可能で、戦力の増強や転移や移動も思いのまま。

魔法が使えるようになる素養や剣技が上達するようになる素養と比べると、汎用性《はんよう》が高すぎるのだ。

それに今まで僕のこの『植樹』の力は、レベルアップをする度に新たなスキルを獲得していった。

これもまた、この力が素養ではなくスキルだからこそできたってことなんだろう。

今までの疑問が氷解したようで、なんだか少しだけホッとした。

「それにしても世界樹を植えられるとは……そういえば先ほど出されていたもぐら達は、なんだったのですか？」

ファナさんが新たに植えられた世界樹を撫《な》でながらこちらを向く。

樹の隣に立つその様子はあまりにも様になりすぎていて、少しだけ言葉に詰まってしまう。

「あれは少し前に獲得したスキルで出せるようになった、樹木守護獣ですね。他にも猫や豚なんかも出せたりしますよ」

「……え？」

きょとんとした様子のファナさん。

何かマズいことや、彼女を不安にさせるようなことを言ってしまったのだろうか。

取り繕うように言葉を足していく。

「あ、安心してください！　あの子達はこの世界樹の専属としてこの里に常駐してもらうつもりですから！」

「え、いやそれはありがたい話なんですけど、そっちじゃなくて……スキルを獲得、ですか？」

「……？　はい、樹を植えれば植えるだけ植樹数が増えていってですね。それで色々とスキルが獲得できるようになるんですよ」

「それって……上位スキルじゃないですかっ⁉」

「――ええっ、そうなんですか⁉　……上位スキルって、なんですか？」

「……（ガクッ）」

膝《ひざ》から崩れ落ちそうになるファナさんをなんとか支える。

会った時は神聖そうな印象があったけれど、彼女も彼女で結構感情表現が豊かな人だ。

でも上位スキルって、一体なんだろう？

字面から考えると、スキルの上位互換みたいな感じに思えるけど……。

「上位スキルとは魔王ハイバの『扉創造』や、勇者スウィフトの『街作り』のように、スキルそれ自体が複数のスキルを内包する、スキルの中でもごく一部の限られたスキルのことです」

なるほど。たしかに樹木間転移や樹木守護獣、交配に樹木移動（改）や収穫袋といったように、僕はいくつかのスキルを持っている。

僕の『植樹』の力は素養でもスキルでもなく、上位スキルだったのか……。

でも人間の方では、この情報は失伝してしまっているのかな。

そもそも素養とスキルが違うなんて話は聞いたことがなかったし。

父さんが僕の力を見ても、使えない素養だと切り捨てていたしさ。

「でも『扉創造』や『街作り』ですか……どんな力だったんですか？」

「『扉創造』は扉を設定しその先に新しい世界そのものを生み出す力ですね。ハイバはいくつもの世界を作りそこと大陸を繋げることで大陸全土に宣戦布告をし、かつて世界を征服しました。ハイバと同時期に生まれたスウィフトの『街作り』スキルは、街を自由自在に組み替えることができるようになる力です。どれだけ潰《つぶ》されても即座に新たな街を生み出してハイバに反抗し、誅《ちゅう》したことで勇者として讃《たた》えられました。上位スキルを持った二人の戦いが、現在の大陸の地形を生み出したと伝えられています」

「……（絶句）」

……上位スキルの力は、僕が想像していたよりもだいぶヤバそうだ。

でもどっちとも僕の『植樹』よりめちゃくちゃ強力そうな力だから、あんまり参考にはならなそうだな。

そんな前例があるなら、たしかにファナさんの反応にも納得だ。

……あ、そうだ。

新事実のせいで忘れてたけど、世界樹の方もしっかりやらないと。

きっちりと世界樹をなんとかしないといけないしね。

「レベッカ、いけそう？」

「ん、問題なさそうですわ。もっとも私の力だと、大したことはできませんけれど……」

「心配ないよ。さっきも言ったけど、ちょっと時間を稼ぐだけで大丈夫だから」

「まあ、それなら……」

僕が連れてきた第三の矢はレベッカだ。

ホイールさんと比べたらまだまだらしいけど、彼女は神獣の子供。

話を聞いてみたところまだ聖域を作ったりすることはできないらしいけど、ある程度地脈を操作することくらいならできるとのことだった。

なのでとりあえず彼女に世界樹に地脈の魔力を集めてもらい、なんとかして時間を稼いでもらうことにしたのだ。

レベッカの身体が光り出し、彼女がぺたりと着けている足から光が通っていく。

それが世界樹へと繋がると、世界樹がさらに輝きを取り戻した。

「……よし、これでしばらくは大丈夫そうですわっ」

こちらを見上げるレベッカは、額に汗を掻《か》いていた。

ありがとうと彼女の頭を撫でてあげると、嬉《うれ》しそうに目を細めてくれた。

「ファナさん、これで問題なさそうですか……ファナさん？」

心ここにあらずといった様子の彼女の肩をポンポンと叩《たた》くと、ファナさんがバッと動く。

そして世界樹と魔法陣の様子を確認してから、笑顔でこちらを向いた。

「はい、これで問題はなさそうです……私が少し空けても、問題はないくらいに」

よし、これでファナさんを始めとするエルフの人達も戦力に加えることができそうだ。

これでギガファウナ討伐の用意が整ったぞ。

さっさとあの邪魔な巨人を倒して……その後は……。

考えていると、横からファナさんに見つめられていることに気付く。

「ウッディ様……ありがとうございます。そしてこれからも末永く……よろしくお願い致します」

もちろんですよ、ファナさん。

僕の方こそ、よろしくお願いします。

僕が上位スキルを持っていることが判明したからか、以前より更に態度が軟化したファナさんの尽力のおかげで、ビビの里のエルフは正式に、ダークエルフとの関係を修復する旨の宣言をすることになった。

「我らが二つの種族に分かれることになってしまったのは、もとを糺《ただ》せば今から千年以上前に起こった戦争が原因です。そんな負の遺産を、彼らの子孫である我々が受け継がなければならない道理はありません。どれだけ時間がかかろうとも、私達は歩み寄ろうという姿勢を崩してはいけないのです」

もちろんエルフ全体の公式見解を出したわけじゃない。

ビビの里が、ただ声明を出しただけである。

けれどそれは間違いなく、長い間ずっと確執を持っていた両者が歩み寄るための、初めの一歩だった。

僕がこの出来事の顛末《てんまつ》を最後まで見ることはできないだろうけれど、きっといつかはわかり合うことができるって、そう思うのだ。

だってエルフもダークエルフも、そう悪い人ばかりじゃない。

エルフは高飛車なところがあるしダークエルフは堅物の人が多いけれど、最後までわかり合えないなんてことはないはずだ。

だからそのための架け橋になることができて、僕は嬉しい。

そしてエルフの代表であるファナさんとダークエルフの代表であるミリアさんは、共同である書状をしたためてくれた。

その内容は、『私達はウッディとの友誼《ゆうぎ》を通じ、交易を開始する』というもの。

彼女達はコンラート家ではなく僕個人と友誼を結んでくれている。

この一枚の書状によって、アリエス王国は僕という存在を通した場合にのみ、エルフとダークエルフと関係性を構築することが可能となった。

これは王国と交渉をする上で、重要なカードの一枚になる。

ただ、この乱世の世で最も必要となるのはやはり容易く攻められないと相手に感じさせるだけのわかりやすい力だ。

それを周囲に示すために最も効果的であり、同時に多数の味方を持つことができる一大イベント——巨人討伐が、ようやく始まろうとしていた。

◇◇◇

ギガファウナ討伐隊が結成され、僕らはカリカ草原へと赴いていた。

陣頭で指揮を執るのは当然ながらトリスタン伯爵。

彼の領軍と寄親寄子の軍、合わせて二百近い軍勢がやってきてくれている。

副将はこの僕、ウッディ・コンラートである。

僕の脇を固めてくれているのはアイラとナージャ。

後ろにはサンドストームの面々が続いている。

もちろん全員を連れて行くと治安上の問題もあるので、半分ほどを連れて来ている形だ。

ウッドゴーレムは収穫袋に入れることができるため収納しているが、樹木守護獣の方は収穫袋には入らない。

なので僕らの一行は少ない人間とそれの何倍もの動物達という、妙にファンシーな一行となっていた。

「そのようなかわいらしいペットを連れて、どうやらウッディ殿はずいぶんと余裕なようで」

そんな風に僕らに喧嘩《けんか》を売ってきた人達もいたが、神経を逆撫でされて怒ったファイアキャットが一度黒焦げにしてやるとそれ以降何も言われなくなった。

あんなに強い魔獣をどれだけ抱えているんだと、むしろ恐れられるようになった。

魔獣じゃなくて樹木守護獣なんだけど……まあ舐《な》められないならそれでいいから、誤解を解くつもりもないけどさ。

そして今回は助っ人としてミリアさんやルルさん達ダークエルフの方々と、ファナさんが率いるウテナさんやアカバネさんが同行しているエルフ達も共にやってきてくれている。

ただし、エルフ達の数は少ない。

未だダークエルフに対して隔意を持つ者も多いため、ファナさんが呼び集めるメンバーをしっかりと厳選したからだ。

ウテナさんを始めとしてダークエルフに思うところがあるエルフ達も多いみたいだけど、今回は滅多に外に出てこないファナさんが直々に指揮を執るということで、彼らの戦意は非常に高かった。

種族の違う者達で時折いがみ合ったり、喧嘩が起きて両成敗をしたりしながら進んでいくこと二週間ほど。

僕らはようやく目的地である地脈の吸い出し地点へとやってきた。

そしてそこに見えているのは――とんでもなく大きい、二足歩行の巨人だった。

「あれが……ギガファウナ……」

「まだこれだけ離れているのにあの大きさ……ツリー村の世界樹よりも大きいんじゃないか？」

その体色は薄い緑色。

大きさは……とにかくでかい、ということしかわからない。

まだ向こうがこちらに気付いていないくらい距離は離れているはずなのに、ここから見てもかなりのサイズがあるように見える。

近づいたら一体どれくらいになるか……下手したら、エルフの里の世界樹サイズかもしれない。

「伯爵、では手はず通りに」

「うむ、任せておけ」

初撃は、僕らの陣営の中で最大の攻撃力を持つナージャが放つ手はずとなっている。

僕がウッドゴーレムを収穫袋から出していく。

この時のために用意しておいたウッドゴーレムの数は、実に1000を超えている。

その圧倒的な数に、後ろにいる観戦武官達が息を飲むのがわかった。

「これだけ並ぶと壮観だな……ウッディ君が敵に回ることだけは、なんとしても避けなくてはいけないね」

「私とウッディが結婚すれば、そんなことはなくなりますよ」

「なるほど、道理だな」

目の前に見上げるほどの巨体があるにもかかわらず、伯爵に緊張している様子はない。

彼が馬車から降りると、その隣にナージャが立った。

「――行くぞ、デカブツッ！」

ナージャが駆けていくと、ギガファウナに接近を気付かれる。

けれどそこまで近づけばもはや関係はない。

彼女がギガファウナの右足へ一撃を放つ。

そして、ギガファウナとの戦闘が始まった。

「グオオオオオオオッッッ‼」

ナージャの一撃が、ギガファウナの足へ飛んでいく。

魔力を使って伸ばされた刀身が進んでいくが、途中で止まる。

流石に一撃では、一本が丸太のように太いギガファウナの足を両断するには至らなかったようだ。

だがかなりダメージは通ったようで、ギガファウナは苦悶《くもん》の声を上げている。

「密集……打てっ！」

今回僕は、用意するウッドゴーレムのほとんどをダークウッドゴーレムに揃えている。

ウッドゴーレムやエレメントウッドゴーレムが放つパンチ程度では、ギガファウナにダメージを与えることは到底できなそうだったからだ。

なので十ずつ小さなグループを作らせ、ダークウッドゴーレムの黒弾による遠距離攻撃を行う。

これでとにかく削って削って、削り倒すのだ。

今回の戦いには、僕らの力がどれだけ強いかというのを示すデモンストレーションとしての側面もある。

なので伯爵には、ギリギリまで僕らだけで戦わせてもらえるようお願いしている。

それにウッドゴーレムはいくらでも補充が利くけど、伯爵が連れて来てくれたのは皆が素養持ちでかつ長年訓練を積んできた文字通りの精鋭だ。

彼らをこんな戦い程度でダメにしてはいけない。

「――よしっ、効いてるぞ！」

黒弾のいいところは、着弾しても爆発をしたりすることなく、周囲の空間を削るような形で発動するところにある。

なので当たりやすいギガファウナの胴体を狙って攻撃をしていれば、フレンドリーファイアをする心配がないのだ。

そしてギガファウナは強力な魔法耐性を持っているが、実はその耐性は黒弾には効きづらい。

なんでも純粋な魔力エネルギーである黒弾は、その耐性をすり抜けることができるんだとか。

「「「ニャンッ！」」」

「「「ワンワンッ！」」」

「「「ブブッ！」」」

「「「きゅうっ‼」」」

そして次に、ダークウッドゴーレム達に守護を与えている樹木守護獣達の攻撃が襲いかかる。

エレメントウッドゴーレムとは違い、彼らは中距離の属性魔力攻撃を放つことができる。

なのでギガファウナと距離を保ちながら、攻撃を続けることが可能なのだ。

「いくぞ野郎共、ゴーレムと獣相手に後れを取るんじゃねぇ！」

「「「うおおおおおおおっっっ‼」」」

続いてカディン率いるサンドストームの面々が、手に筒のようなものを持って果敢にギガファウナへと向かっていった。

ドカアアアアンッッ‼

彼らが一斉にばらまいたエレメントマルベリーが連鎖爆発を起こしていく。

そして彼らはそのままの勢いでファイアマロンを着火させ、急いでその場を離れる。

彼らが距離を取ると同時ファイアマロンが爆発し、ギガファウナは爆発の衝撃でその身体を浮き上がらせた。

「魔法が効きづらいといっても、まったく効かないわけではありません！　我らエルフの力を、ウッディ様にしかと見せるのです！」

続いてファナさん率いるエルフ達の魔法攻撃が炸裂《さくれつ》する。

それに合わせてダークウッドゴーレムの攻撃が再び降り注ぎ、それが止んだところで今度はサンドストームによる爆発が連続した。

「グ、グオオオ……」

攻撃の連続に耐えかね、そのままギガファウナが地面に倒れ込む。

「これで……終わりだっ！」

倒れ込んだギガファウナの首にナージャが、全力の一撃を叩き込んだ。

そして光が収まった時……既にギガファウナは、物言わぬ骸《むくろ》になっていたのだった。

「……え、もう勝っちゃった？」

僕がくるりと後ろを振り返ると、そこには唖然《あぜん》としている伯爵と、冷や汗を掻きながら顔を真っ青にしている観戦武官達の姿があるのだった――。


強力な耐性と無尽蔵の体力を持つ強敵な敵だと教えられていたからかなり意気込んで挑んだんだけど……実にあっという間に、討伐が終わってしまった。

たしかに耐久は高かったけれど、思っていたほど動きが速くなかったからね。

正直、黒弾やエレメントフルーツの良い的だったし。

でもここまで苦戦しないとは思ってもみなかった。

これってやっぱり……僕らが強くなったってこと、だよね？

伯爵の方を見ると、苦笑いであごをしゃくられた。

彼が指し示した先には、伯爵の寄子の貴族軍が控えている。

ここにやってくるまでは僕のことをバカにしていたり、内心で明らかに見下していたはずの貴族達が、揉《も》み手《で》をしながらこちらに近づいてくる。

「い、いやぁ流石ですなぁウッディ殿は。まさかこれほどとは……」

「然《しか》り然《しか》り。しかしこれでコンラート家も安泰というもの」

「先ほど兵達が武装していたあれは……え、フルーツ？　……あれが？」

伯爵の寄子である貴族達は、内心で冷や汗を流しているようだった。

彼らもこんな風に一方的な展開は予想していなかったようである。

まあ当人である僕ですら予測できてなかったんだから、当たり前だと思うけどね。

でも皆に僕らの力を見せつける作戦は、思っていたよりも上手《うま》く機能してくれているようでよかった。

少なくともこれで、トリスタン伯爵家の寄子の貴族達は僕に対しての態度を軟化させるはずだ。

こちらに強張《こわば》った笑みをよこしてくる彼らから少し離れたところには、観戦武官としてやってきている男性方の姿もあった。

彼らは各地の領主から信頼されてこちらにやってきた、参謀や右腕が多い。

中には領主の息子が観戦しているところもあった。

彼らはひそひそと内密に話をしていて、何を言っているかわからない。

なので耳のいいナージャに、話し声を聞き取ってもらうことにした。

『おい誰だ、生産系の素養だから弱いなどと言っていた輩《やから》は！　あんなのどこからどう見ても、コンラート家の子息でしかないだろうが！』

『今すぐミリアリア様に報告しなくては……今後の鍵《かぎ》を握るのは、間違いなくウッディ殿だ』

『あの力がコンラート家に渡れば……王国の均衡が崩れかねんぞ！　なんとしてでもコンラート家との仲を……』

聞いている限り、どうやらしっかりと僕らの力を認識してくれたらしい。

「どうやら皆、ギガファウナを一方的に倒したウッディの力を恐れているようだぞ」

「まあ、恐れられないよりはいいよね」

「違いない」

二人で伯爵の下へと歩み寄る。

流石と言うべきか、伯爵は狼狽《ろうばい》した様子もなくポリポリと頭を掻《か》いた。

「いやぁ、しかし驚いたな。正直なところウッディ君に関してはあまりよくない噂《うわさ》も聞いてはいたけれど……所詮《しょせん》は噂ということかね。こうして目の当たりにすれば、君がどれだけの力を持っているかはわかる」

そう言って僕を見下ろす伯爵が、スッと目を細める。

品定めをして冷静に価値を見極めようと観察している、商人のような目だった。

「魔導師軍団に匹敵するほどのゴーレム狙撃部隊に、爆発する果物による強力な武装……こと遠距離攻撃に関しては、ウッディ君のところの右に出る者はいないだろうね」

伯爵には、僕とコンラート家の間のいざこざや、今後の展望についてなどの話も既に終えている。なので僕が父さんのところに戻ったりするようなことがないと理解しているため、恐れたり危機感を抱かれたりはされていない。

というよりむしろ、安堵《あんど》の感情の方が強いみたいだった。

「君の力がコンラート家の手に渡っていたらと考えるとゾッとするよ。今でもナージャが抜けた分うちがやや不利なんだから、これ以上戦力増強をされていたら間違いなくうちは取り込まれてしまっていただろうね」

「お褒めに与《あずか》り、光栄です」

価値を認めてもらえたからだろうか、細められていた目が戻り、普段の伯爵に戻る。

伯爵からは青い血の流れる王国の上級貴族としての優雅さと、剣に生きてきた『剣聖』としての獰猛《どうもう》さを兼ね備えた、力強いオーラが発されていた。

「では、これからの話をしようか――ああ、安心してくれたまえ。ウッディ君に言うのはあれかもしれないが、コンラート家は少々周囲からの恨みを買いすぎているからね。少しつついてやれば、動きを止めることは簡単さ」

これで今までひどい目に遭わされてきた分、一泡吹かせてやれそうだよ。

そう言って笑うトリスタン伯爵を見て、僕はできれば今後もトリスタン伯爵とは敵対しないようにしようと、改めて思うのだった。

第五章

コンラート公爵は、アリエス王国の北部を治める大貴族である。

東を見れば同じく大貴族であるトリスタン伯爵領があり、両者は親の代から良好な関係を保ち続けていた。

コンラート公爵は鉱山の採掘権や林の権利を巡って西のマグラード侯爵家と小競り合いを繰り返しており、その関係性は悪化する一方。いつ戦争になってもおかしくないような緊張が続いている。

そしてトリスタン伯爵は、隙あらばこちらの様子をうかがおうとしてくる東の隣国に対して備えをしなければならなかった。

別の敵を抱えている者同士、仲良くした方が得が大きかったのだ。

けれどここ最近、両者の距離は離れつつあった。

その理由は細かくあげていけばキリがないが、やはりトドメになったのはウッディとナージャとの婚約破棄だろう。

廃嫡されたウッディは勘当同然で北の砂漠地帯へと追いやられてしまい、彼の代わりに婚約を結ぶことになったアシッドのことをナージャは認めなかった。

そのせいで両者の緊張は高まっている。

南にある中小貴族達の領地を削り取りながら西部にも目を光らせている現在のコンラート家に、

戦力的な余裕はない。

そのため平定を急ぐべく、コンラート公爵に命じられたアシッドはその素養の力を戦場で発揮させているのであった。

「吹き飛べや――カオスフレアッ！」

「「「ぐわあああああっっ！」」」

アシッドの『大魔導』の素養は、代々コンラート家に受け継がれてきた最強クラスの素養の一つである。

アシッドは四大属性魔法に対する適性を持ち、さらには系統外魔法である闇魔法すら会得している。

今では闇属性を他の属性と掛け合わせて放つことまで可能になっていた。

彼が放つ闇の業火が、コンラート家の支配を拒む貴族連合軍達を包み込んだ。

アシッドが気合いを入れて何発か魔法を打ち込むだけで、敵軍はあっという間に壊滅してしまった。

「はあっ、はあっ……こんな雑魚共の相手してる場合じゃねぇんだ！　さっさと掃討に入れ！」

「「「――はっ！」」」

強大な魔法を連発し、息を荒らげながらもアシッドが命令を出す。

こうして彼が指揮をするコンラート公爵軍は、無事に南部に残っていた反抗的な貴族連合軍を倒すことに成功したのだった。

「これで……やっと帰れる」

アシッドは父直々に行われてきた地獄のような魔法の訓練にも耐えてきた。

領主としてやっていく上には必須《ひっす》だからと、帝王学や領地経営の経済学などについてもひたすら知識を詰め込んでいる。

戦場に向かう間であっても、決して鍛錬は欠かさなかった。

初陣はとうに済ませていて、戦場に立つことにだって慣れてきている。

戦働きだって、父と比べれば見劣りするとは言え、なかなかのものなはずだ。

普通の魔法の素養を持っているようなやつでは到底できないような大魔法の連発がなければ、こう簡単に勝負が決まることはなかっただろう。

全てはアシッドを嫡子に引き上げた『大魔導』のおかげだ。

「あのウッディじゃあ、こうはいかなかっただろうよ……クックックッ」

今思い出しても笑えてくる、出来損ないの兄の蒼白《そうはく》になった顔を。

半分だけ血の繋《つな》がっていることすら嫌で嫌でたまらない、大嫌いな男が廃嫡されたあの無様な瞬間は、アシッドの一生ものの思い出だった。

アシッドは血なまぐさい戦場を見るのに飽き、上を向く。

既に日が落ち始めており、空には星が輝き始めていた。

手に持った杖《つえ》の握りを確かめながら、ぽつりと呟《つぶや》く。

「これだけ頑張れば……俺も父上に、認めてもらえるだろうか」

アシッドは自分の口から出た弱い言葉を打ち消すように、慌てて首を振る。

そして残敵掃討は終わりにして野営の準備をするよう、部下の兵達へと申しつけるのだった。

（領地に戻るまでは……あと少しの辛抱だ。そうすれば俺も、父上と母上に会える）

ふぅとため息を吐《つ》いてからアシッドは視線を下ろし、サボろうとする兵の尻《しり》を蹴《け》り上げる。

まさか帰った時には、事態が急変していることなどつゆ知らず――。

帰ったら労《ねぎら》いの言葉の一つもかけられるだろうとウキウキ気分で帰ってきたアシッドだったが、どうにも様子がおかしかった。

コンラート公爵領の領都のコンラーティアへ入ってからというもの、領内の雰囲気がどうにも暗いのだ。

自分が戦争に勝ったことは早晩伝わっているはずだ。

それなら戦勝のパレードの一つや二つ程度あってもいいはずなのに……。

不機嫌になりながら帰宅するアシッド。

自室で戦塵《せんじん》に塗《まみ》れた服の汚れを落とし、くつろごうとすると、そんな間もなく父から呼び出しがかかった。

その時には既に機嫌も戻っており、少しだけ気分を上向かせながら向かう。

けれど部屋に入った瞬間の父の顔を見て、浮ついていた気分は一瞬で沈んだ。

冷や水をかけられたように押し黙ってしまうが、そんなアシッドの様子には気付かずに公爵が口を開く。

「……はぁ？　今なんと？」

話された内容を聞いて、アシッドはそんなとぼけた答えしか返すことができなかった。

耳にした内容が、あまりにも荒唐無稽《こうとうむけい》すぎるのだ。

何かの冗談にしか思えないのだが、話している公爵本人は大真面目な様子だ。

彼はいらだたしげに足を揺すり、机に肘《ひじ》を置いて頬杖《ほおづえ》をつきながら、

「だから言っただろう——ウッディが、独立したのだ。ウッディ・アダストリアとして子爵の爵位を与えられ、国王からの決裁も下りた。既に正式な辞令も出ている」

そう言うと、公爵が執務用の机の上に置かれていた一枚の紙を差し出してくる。

重石《おもし》の形にわずかにへこんだ羊皮紙には、こう記されていた。

『砂漠の緑化と食料支援の功を鑑みて、ウッディ・コンラートを子爵に叙任する。砂漠地帯は広大であり、環境も厳しいために即時の判断が要求されることも多い。故にウッディをコンラート家から独立させ、新たにアダストリア家を興すことを許すものとする』

最後に記されているバリー三世のサインは間違いなく本人が書いたものであり。

その後ろに押されている判は、アシッドが覚えさせられたものとそっくりだった。

しかもおまけに、その下には後見人としてトリスタン伯爵の名と実印が記されていた。

「あいつ……一体何を？」

アシッドはウッディを砂漠に追いやってからあとのことは、ほとんど何も知らない。

大して物資を渡すようなことはしなかったし、行く時にも色々と邪魔をしてやったおかげで、私物や財産もほとんど全て没収している。

しっかりと事前に準備をさせるだけの時間は与えず、砂漠に放り出してやったのだ。

アシッドが目をつけていたメイドが一人共に向かったと聞いてはいたが、同行者も彼が聞いてい

る限りではそのメイド一人だけ。

砂漠には原住民族も多く、彼らの統治はかつての公爵が投げ出すほどに難しい。

そんな風に何重苦も抱えた上で従者一人を連れてすかんぴんで砂漠に放り出されたのだから、とっくに野垂れ死んでいるだろうとばかり思っていた。

「どうやら生産系の素養である『植樹』を使って上手《うま》く立ち回ったらしいな。こうされては、我らにも打つ手がない」

王が出した書類は正式に発行されたものであり、公爵である自分の手に渡ってきてしまった時点で効力を発揮する。

受け取ってしまった以上、知らなかったとしらを切ることは難しいのだ。

王の権威は落ちているとはいえ、むやみにそれをおとしめるようなことをすれば他の貴族達からの攻撃の対象になってしまう。

歯がみしている様子の公爵を見て、何をふぬけたことを、とアシッドが口を開いた。

「独立など認めず潰《つぶ》せばいい！　砂漠地帯は放棄したとはいえ、かつては公爵領だった土地です。攻め入る正当性は十分にあります！」

「西のマグラードを相手取りながら……か？　私とアシッドでそれぞれ西と南を担当するとしたら、誰に平定を任せるというのだ。それに仮に征伐が成功したところで、我らは今後飛び地になっている砂漠地帯を統治することになる。そんなことができるだけの人的な余裕は、我が領地にはない」

「だからといって泣き寝入りなど……父上らしくありませぬ！」

「俺らしく……だと？　おい、アシッド——貴様が、俺の何を知っていると言うのだ？」

どくん、と跳ねる心臓。

二の句を継ごうとしていたアシッドは言葉に詰まり、ただ目を見開くことしかできない。

実の父に殺気を飛ばされた。

そのショックを実感するよりも、コンラート公爵の鋭い瞳《ひとみ》に射貫《いぬ》かれ、脳裏に記憶がフラッシュバックする方が早かった。

以前、正妻の子ではない俺に向けた目――実の子をなんとも思っていないことがわかってしまう、無機質で無感情な公爵の瞳に見つめられていた思い出が蘇《よみがえ》る。

「――話にならない、失礼しますッ！」

「待て！」

アシッドは浮かんだ光景をかき消すために、立ち上がる。

そして父親の制止の声を振り切って、一人自室へ駆けていく。

「まったくあいつは……本当に、人の話を聞かぬやつだ」

そして公爵の言葉が、執務室に一人むなしく響くのだった。


「――ちいっ！　イラつくイラつくっ！」

自室に帰ってきたアシッドは、目に付いたものを手当たり次第に壊し始めた。

家具を風の刃《やいば》で切り刻み、意味もわからない表現技法で描かれた絵画は燃やし、壁には殴って穴を空ける。

けれどどれだけものにあたっても、アシッドの機嫌が良くなることはなかった。

「ふううううううっ……」

自室をめちゃくちゃにして、ベッドのシーツを切り刻んだところで、アシッドは少しだけ冷静になることができた。

後ろを見ると、ヒッという声が聞こえてくる。

見ればそこには、自分と同じ年頃のメイドがいた。

今まで見たことのない顔だ。恐らく新人だろう。

大きな音がしたために様子を見に来たものと考えられる。

アシッドの癇癪《かんしゃく》の最中には人を寄せ付けるなというコンラート家の掟《おきて》を知らぬ娘のようだ。

そういえば……とアシッドは手付きにしようとしていたメイドの顔を思い出す。

ウッディについていったあのアイラとかいうメイドだ。

アシッドが誘い出そうとしてものらりくらりとかわされるが故に、結局のところ手込めにすることもできなかった。

こちらをぷるぷると震えながら見つめるメイドを見る。

嗜虐《しぎゃく》心に任せて乱暴を働こうかとも思ったが……やめた。

今は女などにうつつを抜かしている場合ではないからだ。

アシッドはメイドの下まで駆け寄ってから、彼女の頬を思い切り叩《たた》いた。

「出て行け！　俺の許可なくドアを開くなど、どういう了見だ！」

「は、はいっ！　大変申し訳ございませんでした！　失礼致します！」

部屋が丸見えになっていたのはアシッドがドアを破壊したからなのだが、メイドは何一つ口答えはせずに、赤く腫《は》れた頬に手を当てながら走って去っていった。

再び一人になれたところで、アシッドはどかりと椅子にもたれかかった。

手を後ろに回し、上体を反らしながら机の上へと足を載せる。

履いているブーツの踵《かかと》を机にぶつけるとカツカツと音が鳴った。

舌打ちをしながら、ポケットに入れている飴《あめ》を舐《な》める。

糖分だけは、いつどんな時も自分を裏切らない。

ものに当たって甘いものを食べれば、アシッドは何時《いつ》だって冷静な自分を取り戻すことができるのだ。

「父上の軟弱なこと……流石《さすが》に息子の俺といえど、呆《あき》れ果てる」

たった紙ペラ一枚だけで怖《お》じ気《け》づくとは、王国の杖とまで呼ばれるコンラートの当主としてはあまりにも惰弱な態度である。

周囲からの軋轢《あつれき》というのなら、既に南部地域を併合しようとしている時点で生まれている。

元からコンラート公爵領であった場所を再占領するだけのことが、それほど大きな問題になるはずがない。

あれが王国の杖とまで呼ばれる父の姿なのか！

先ほどの猛禽《もうきん》のような瞳を思い出してから、首を振ってそのことを頭から追い出す。

あんな男、何するものぞ。

一に武力、二に武力がコンラート家の家訓だろう。

あんな男に認められようと思っていた自分がバカらしくなってくる。

「それに父上だけじゃねぇ。国王も……あの樹《き》を植えるしか能がないカスに何ビビってやがる！」

アシッドがここまでブチ切れている一番の理由は、当然ながら元嫡男であるウッディにある。

アシッドはウッディのことが大嫌いだ。

自分は平和主義者です、みたいないかにも人畜無害な顔をしながら、アイラのことはしっかりと連れていくその浅ましさ。

ただ最初に正妻から生まれたというだけでちやほやされ、将来を嘱望され、両親の愛を一身に受けてきたというその運の良さ。

全てが嫌いで、憎んでいて、疎ましく思っていた。

父には何度そのうちの十分の一でいいから、アシッドとその母を愛してくれと思ったか。

けどその願いはただの一度も、叶《かな》うことがなかった。

本邸住みは許されず別邸での生活を余儀なくされてきた日々も、あの博愛主義者の自己満足に心底うんざりする生活も、『大魔導』をもらったあの日に終わりを告げた。

そう思っていたというのに……。

「なんで嫡子になってまで、あいつのウザい顔を思い出さなくちゃならねぇ……」

いつもヘラヘラとした笑みを浮かべているあの偽善者のことを思い出すだけで、イラついてくる。

けれど彼の冷静な部分は、こうしている間もしっかりと考えを巡らせていた。

「しかしあの偽善者が国王を簡単に説得させることができたとも思えねぇ……いや、そうか！　後見人であるトリスタン伯爵も一枚噛《か》んでるとなると……チッ！」

次に浮かんでくるのは、自分がどれだけ探しても見つけることのできなかった婚約者の姿だった。

アシッドはナージャのことが好きだった。

屋敷の外で彼女のことを見かけた瞬間に、一目惚《ひとめぼ》れしたのだ。

なんとしてでも俺の女にしてやる。

最初は妄想でしか叶うことはないだろうと思えたその思いは、祝福の儀を受けたあの日から、現実味を帯びるようになった。

『大魔導』を手に入れ、話はトントン拍子に進み、コンラート公爵家の嫡子にもなることができた。

だから当然、ナージャは自分の手元に転がり込んでくるものだとばかり思っていた。

「だってのにあのカスは、俺からナージャまで奪っていきやがった！　ぜってぇに許さねぇ……」

ナージャが消えたあの日、もしかしたらとは思っていた。

けれどいくらなんでも本当にウッディについていくとは思っていなかったのだ。

少し天秤《てんびん》にかければわかることだ。

樹を植えるしか能がない『植樹』の素養と、コンラート嫡子に相応《ふさわ》しい強力な『大魔導』の素養。

どちらを選んだ方が幸せになれるかなど、自明の理だ。

にもかかわらずナージャは、アシッドではなくウッディを選んだ。

その行動は、何よりアシッドの自尊心を逆撫《さかな》でし、心をささくれ立たせる。

「殺す！　ウッディは俺が殺し、あいつから全てを奪ってやる！　そして俺が――全てを手に入れるんだ！　父上からの愛も、ウッディが奪い取った女どもも、皆からの尊敬も……全部、全部！」

目を血走らせ、口から泡を飛ばしながら、アシッドは机に拳《こぶし》を叩きつける。

こうしてアシッドは父に反抗し、一人でウェンティ襲撃を行う決意を固めた。

ここからはとにかく時間との戦いだ。

父上に気付かれる前に、なんとしてでも兵を揃《そろ》えなければ……。

アシッドは頭の中でそろばんを弾《はじ》きながら、早速自分の子飼いの部下達を選び、作戦会議に入るのだった。


ウッディが治めている領地の情報は、簡単に手に入れることができた。

何せ王国に生まれた新たな領土だ、話し好きの街の住民からいくらでも情報は仕入れることができる。

だが当然ながら街の人間の噂話《うわさばなし》には尾ひれ背びれがついていて、むちゃくちゃなものばかりだった。

「神獣が暮らしてるだとか、果物が爆発するだとか、バカでかい樹が光ってるだとか……んなわけないだろうが、常識でもの考えろよ」

アシッドは現在、貸し切りにした酒場のフロアで演説をしている最中だった。

彼の周りには、南部戦線を共に駆けたアシッド子飼いの兵士達が立っている。

その主だった構成員は貴族の三男四男などであり、兵士達の実に九割以上が素養を持っている。

彼らがアシッドへ向ける視線は熱い。

ここにいるのは皆、コンラート公爵家ではなくアシッドに忠誠を誓っている兵士達である。

アシッドは既に結果を出し、そして最前線で戦い続けてきた。

彼は気前も良く、成果を出した兵士達にはしっかりと報酬を与えてきた。

彼についていけば成り上がることができる。

そう信じることができるだけのカリスマ性が、たしかにアシッドには備わっていた。

「アシッド様、ですがなぜそんな噂ばかりが横行しているのでしょうか？」

己の副官であるカリオンの言葉に、アシッドは頷《うなず》いた。

二人の言葉に、口を挟む者はいない。

ここにいるのは二人で選別を行った、前回戦場に同行した中でも特にアシッドへの忠誠心の高い者ばかりだ。

コンラート公爵にバレる前に動き出さねばならぬ関係上、父に報告する可能性のあるような自家と関わりの深い者は避けている。

「ウェンティの領地に関しては、やってくる情報全てが荒唐無稽《こうとうむけい》でむちゃくちゃなものばかりだった。だがこれは恐らく、情報攪乱《かくらん》の一種だろう」

戦場においても、自軍の実数を知られないように虚偽を含めた情報を流すのはよくあることだった。

ウッディは下手に自分達の内情を知られないように、大量の嘘《うそ》や過大な報告を交えて情報を拡散しているのだろう。

なかなかにこしゃくな真似《まね》をする。

「だがそれはつまり、知られたら困るようなもんがあるってこと……つまりウェンティはたしかに食料生産はすげぇのかもしれねぇが、実際の戦力は大したことがねぇってことだ！」

彼の言葉に、部下達がそうだそうだと気炎をあげる。

気合いが入っている部下達の様子を見て、アシッドの顔に笑みが浮かぶ。

そうだ、自分は間違っていない。

正しいのはこの俺様だ……。

（及び腰の父上から許可が出ることはまずないだろう。だが出発してから気付いてももう遅い。その時には俺が全てを終わらせているからな）

アシッドには勝算があった。

向こう側に村があるといっても、所詮《しょせん》は砂漠にある寒村。

大した兵数もいないだろうし、奇襲をして数を減らしてしまえば問題はない。

生産系の素養であるウッディは戦力になるはずがないので問題外。

向こう側の戦力で気を付けなくてはいけないのは、『水魔導師』のアイラと『剣聖』のナージャの二人だけだ。

まずは速攻でアイラを潰《つぶ》し、そのままナージャとやり合えばいい。

どちらと戦っても、一対一であれば負けるはずがない。

部下達が時間稼ぎをし二人と同時に戦うことさえ避けてしまえば、アシッドに負ける道理はないのだ。

「行くぞ野郎共！　俺達の公爵領を取り戻すんだ！」

「「「おおおおおおおっっっっ‼」」」

こうしてアシッド達は、公爵が気付かぬうちに領都を抜け出し、ウェンティへと出発するのであった。

アシッドは自ら選んだ南部の戦線を共に駆り回った部下百人を引き連れ、父の許可を得ずに北へと向かっていた。

輜重《しちょう》については、あまり深く考える必要はない。

ウッディに一つを持ち去られたとはいえ、未《ま》だコンラート公爵家にはいくつかの『収納袋』がある。

そのうちの二つを持ってきているため、食料に関しては何かが起こっても問題ない程度には備蓄ができている。

「しかしこちらを追いかけてくる兵もございませぬな。てっきり公爵様からは追っ手がかかると思っておりましたが……」

「父上も俺の行動の正しさを理解したのだろう」

道中いくつかの街で物資を補給したが、その際に公爵騎士団から追及を受けるようなことはなかった。

間違いなく父からの命令は通っているだろうから、最悪突破する必要もあるかと思っていただけに、少し拍子抜けですらある。

父は自分のことを止めるつもりがない。

つまり消極的に賛成をしてくれているのだ。

アシッドは現状を、そう捉《とら》えることにした。

「聞けばウッディが治めているとは自称しているウェンティは、荒野から砂漠地帯に入って二週間もしないうちに着けるほどの距離しか離れていないらしい。このまま行けばそう遠くないうちに接敵するはずだ」

『収納袋』には飼い葉を入れる余裕もあるため、アシッド達は馬に乗ってウェンティへと向かっている。

現在ウッディが治めている村の数は、たったの二つ。

具体的な距離まではわからなかったが、両者の位置はかなり離れているということだった。

兵を分けることも考えたが、そうなるとアシッドのいない方のグループがアイラやナージャに襲われた時に、面倒なことになる。

なので多少時間はかかろうが、一つ一つを順番に潰して回すつもりでいた。

「良いかお前ら、砂漠の民は王国の人間じゃねぇ！　つまり——王国法は適用されねぇ！　どんな風に扱っても問題は起こらねぇってことだ！」

アシッドの言葉に、隊が沸き立つ。

戦争を行う際の一番の兵の楽しみとは、略奪である。

故にアシッドは彼らの目の前ににんじんをぶらさげてやることで、やる気を出させることにした。

その作戦は功を奏し、鼻息を荒くした彼らは当初の予定よりも早く荒野を抜け、目的地であるツリー村へとやってくるのだった。

「な、なんだありゃあ……」

ツリー村にやってきたアシッド達が見たのは、およそ砂漠とは思えない緑に満ちた村だった。

いや、あれを村と呼んでも良いものか。

既にその規模は王国の街とも遜色《そんしょく》がないほどに大きく、そんなものが砂漠のど真ん中にぽつりとあるのだから、その見た目はあまりにも周囲から浮いている。

その村は、異様だった。

まず水資源が乏しい砂漠地帯にもかかわらず、これだけ大量の緑がある時点でおかしい。

村全体をぐるりと囲むように樹々が植えられており、それら一本一本にしっかりと水が行き渡っていて、みずみずしい葉をつけている。

それだけではない。

全体を見通すために砂漠にできていた小山から村の様子を見下ろしているアシッドには、樹々が果実を付けているのまで見えた。

内側に水分を溜《た》め込むタイプの樹ならかろうじてわからないこともないが、果実まで付けているとなると、よほど豊富な水資源でもない限り不可能なはずである。

遠くにはオアシスらしきものも見えており、家が建っている様子も確認することができた。

そのまた奥を見ると、畑らしきものまで散見される。

そしてそれら全てを覆うように、結界のようなものが張られている。

透明であるために視界を遮ってはいない。恐らくは、魔物避《よ》けの魔法か何かだろう。

自分のわからない術理で作られたそれは、アシッドの見立てでは光魔法によって作られているようだった。

（大量の魔導師でも抱え込んでやがるのか……？　いやしかし、そんなはずは……）

それをわざわざ村全体を覆うほどのサイズで行うことができているということは、それだけの余裕があるということの裏返しでもある。

だが少なくともウッディが有能な魔導師を囲い込んだなんて話は聞かない。

となると現地の砂漠の民を懐柔したとしか考えられないが……まさかあの能天気な男に、そこまでのことができたとは。

豊富な水資源に、豊かな果実を始めとした収穫物。

しっかりとした家屋が建ち並び、魔物避けの結界が張られているために魔物被害にも怯《おび》えなくて良い。

「これが、ウッディが作った村……」

アシッドは気付けば、ギュッと拳を握りしめていた。

『「植樹」の素養が使えるんなら、砂漠で一生育たない樹を植えてろよ！　最高にお似合いだぜ、お・に・い・さ・まっ！』

まるで意趣返しでもされているようだった。

お前が何をしても無駄だと言われている気分だった。

「――チッ！」

舌打ちをしながら、ウェンティにある村の一つ、ツリー村を見下ろす。

見れば村人の姿は見えない。

空は既に暮れ始めている。

恐らく農作業を終わらせ、皆自宅に戻っているのだろう。

「たしかに村作りの力はすげぇのかもしれねぇが、ウッディの実際の強さはカスだ！　行くぞ、野郎共！　――俺に、続けぇっ‼」

「「「おおおおおおっっ‼」」」

砂の山を下りながら、アシッドは部下達と共に、一気呵成《いっきかせい》にツリー村へと向かっていく。

当然ながらアシッドは自らその先頭に立ち、魔法を発動させるための準備を整えていた。

彼らの前に立ちはだかるのは、結界と展開されている樹々のみ。

反撃を食らう可能性を考慮し、アシッドはまず最初に結界を壊すことを決める。

「あの結界なんざぶち抜いてやるよっ――カオスフレアッ！」

魔力を練り上げたアシッドが放つのは、彼の得意とする火と闇属性の混合魔法であるカオスフレアだ。

黒と赤の入り交じった炎は見事結界に当たる……ることなく、そのまますると通り抜けた。

「――チッ、見せかけかよ。警戒して損したぜ」

攻撃魔法を通すということは、まず間違いなく迎撃をする機能はついていない。

恐らく本当にただの魔物避け程度の効果しかないのだろう。

アシッドは魔法を制御するために立ち止まっていたので、部下達が先行する形になっている。

けれど戦場にいた時に何度も同じようなことはあったため、アシッドの方も彼らのことは心配していない。

彼らは一人一人が王国軍の兵士数人に匹敵するほどの強者揃《ぞろ》いだからだ。

「行くぞッ！　アシッド様に勝利を捧《ささ》げよ！」

「「「アシッド様に勝利を！」」」

彼らの声を聞きながら表情を緩めるアシッド。

けれど彼は、違和感を覚えた。

それはあの悪辣《あくらつ》で卑怯《ひきょう》なウッディがここまで簡単に侵入を許すのか、という彼の病的なまでの猜《さい》疑《ぎ》心《しん》によるもので。

そして結果だけ見れば……彼が感じた違和感は、決して勘違いなどではなかった。

「俺が先行する！　ついてこい！」

副官であるカリオンの指揮の下、徐々に村が近付いてくる。

そして村の手前に生えている樹々が見えてくると……彼は首を捻《ひね》る。

怪訝《けげん》な表情をしながら見つめるその先には、間隔を空けて生えている樹々がよく見える。

「……ん？」

立っている樹が、どうにもおかしい気がするのだ。

太陽の場所から考えても、なんだか影が膨らみすぎているような気がする。

だが問題はなかろうと彼らはそのまま進んでいき――樹を通り抜けようとした瞬間、樹が一斉に消えた。

「――な、何事だっ!?」

慌てて周囲を確認しようとするカリオンの頭上に、大きな影がかかる。

見上げてみればそこには、馬上にいる自分より更に高いところからこちらを見下ろす、無機質な巨人の姿があった。

「ご、ゴーレムだと……」

カリオンの頭に、拳《こぶし》が振り下ろされる。

そして隠れていたゴーレム達が一斉に動き出し、アシッド達へと襲いかかるのだった。

「なんだこいつら、強っ——ぐあああああああっっ‼」

突如として現れたゴーレム達。

その身体《からだ》は縦にも横にも大きく、とても木の陰に隠れられるサイズではない。

アシッドが周囲を確認すると、そこには樹を取り込んでめきめきと大きくなっているゴーレム達の姿があった。

（小さなゴーレムを、樹を使ってデカくしてやがるのか！）

ゴーレムの不意打ちを食らったアシッドの部下達が、後方に吹っ飛んでいく。

だが彼らの救護に向かえるだけの余裕はない。

「安心しろ！　こいつら自体は大した強さじゃない！」

そう言うと配下の一人が、ゴーレムの身体を胴から真っ二つにした。

既に馬から下りている彼は、『剣術』の素養を持っている。

どうやらゴーレム一体一体の硬度はそれほど高くはないらしい。

それを見てそうだそうだと馬上から槍《やり》を振り下ろそうとした男達だったが——。

「「あおおおおおんっっ‼」」

「「「ぶうううううううっっ‼」」」

先ほどの剣持ちの男は、飛んできた火炎放射を食らい炎に包まれる。

炎の槍が兵を貫き、水の球が窒息させ、不可視の風の刃が切り刻み、土の穴に落ちて落馬してしまう。

見れば樹の陰や茂みの間に、動物達の姿が見えていた。

犬に猫、豚にもぐら……ファンシーな見た目のくせに、放ってくる攻撃はなかなかに強力だ。

アシッドの部下達は下馬せざるを得ない状態に陥ってしまっており、既に戦闘不能になっている者も少なくなかった。

その様子を見て、アシッドは思わず舌打ちをしてしまう。

「チッ、使えねぇ……しゃあねぇ、俺がやるか」

アシッドがゴーレム達へと手をかざす。

「テンペストタイフーン」

彼が放った上級魔法であるテンペストタイフーンが、ゴーレムと動物達を巻き込む暴風となって吹き荒れる。

精密な彼の魔力操作は、味方を巻き込むことなく敵だけをその颶風《ぐふう》の標的にしてみせた。

風は敵と味方をしっかりと区別し、アシッドの配下達はゴーレム達が魔法の嵐に飲み込まれていくのを見つめながら、歓声を上げげる。

「戦闘不能になって動けねぇのは……半数程度か。こんな雑魚相手に……情けねぇ」

「も、申し訳ございません！」

「御託はいい……チッ、しゃあねぇか。あんまり得意じゃねぇんだが……」

アシッドが意識を集中させるために目を閉じる。

三秒ほどかけてゆっくりと準備を整えてから、カッと目を開く。

「オールオーバー」

彼がパチリと指を鳴らすと、怪我《けが》をした兵達の頭上から光が降り注いだ。

光属性の全体回復魔法であるオールオーバー。

聖なる光は癒やしの波動を伴い怪我や火傷《やけど》を治していく。

戦闘不能になっている者達も、一応軽く動ける程度には回復した。

「お前ら働け、まだまだここからだぞ」

彼らの前に立ち、再び先頭を行くアシッドが配下達にその背中を見せる。

「「アシッド様に、続けえええええええっ‼」」

皆が村を目指して駆けていく。

襲ってくるゴーレム達や魔力攻撃をしてくる謎の魔物達の攻撃を受け、一人また一人と数が減っていく。

最前線で魔法を使いながらなので、アシッドも彼らを回復させる余裕はない。

犠牲を払いながらようやく村の中に入ることができたアシッド一行。

村に辿《たど》り着《つ》いた時には、既にその数は半数以下にまで減っていた。

彼らはなんとか辿り着いたツリー村へ入り、ぐるりと見渡してから気付く。

「人がいねぇ、だと……？」

ツリー村の中には、村人が一人としていなかったのだ。

どこにも明かりがついておらず、煙突から煙も出ていない。

先を見通すのも厳しい砂漠の中で、自分達の姿を捉《とら》えるのは困難だったはず。

よしんば捉えることができたとしても、そこから一瞬で避難を完了させるのは不可能だろう。

ではなぜ、誰一人として人がいないのだ……。

「うん、僕が避難させたからね」

突然聞こえてきた声に、アシッドがピキリと眉間《みけん》に青筋を立てる。

その妙に高い声は、彼が何より嫌っている男のものだったからだ。

声のする後方へ、くるりと振り返る。

そしてそこにいる人物を見て、アシッドの顔が憤怒に染まった。

「ウッディイイイイイイッ！」

「安心して、君の部下は誰も殺してないから」

「むかつくんだよ、この偽善者があああああっっ‼」

アシッドがウッディへと手をかざす。

そして同じタイミングで、ウッディは頭上に何かを放り投げた。

ウッディ目掛けて炎弾が放たれる。

彼はそれを目の前に出現させたゴーレムで弾《はじ》いてみせた。

そして……アシッドの後ろで、大量の爆発が起こる。

「「「ぐあああああああっっ‼」」」

後ろを向けば、自分の部下達がやられていた。

先ほど飛ばした飛び道具による攻撃だ。

小規模に弾けている何かと、大きな爆発を起こす大きな球形の何か。

みるみるうちに部下を戦闘不能にさせているそれがなんなのか。

目を凝らしてよく見ると……フルーツだった。

「安心して、彼らも殺さないようにちゃんと加減してるから」

「てめぇ……どれだけ俺のことを虚仮《こけ》にすれば気が済みやがるっ！」

アシッドが睨《にら》んでも、ウッディは飄々《ひょうひょう》とした態度を崩さない。

気付けばウッディの隣に、ナージャが立っていた。

そして逆サイドにはアイラが。

「女の陰に隠れて、卑怯な手で倒して……俺はお前のそういうところが、大っ嫌いなんだよ！」

「それなら安心してほしい」

そう言うと、ウッディは彼を引き留めようとする二人を後ろに置いて前に出た。

そしてアシッドが初めて見る、気合いの入ったような顔をして……。

「ここから先は僕がやる。――サシで戦おう、アシッド」

「てめぇ……舐《な》めた口利いてんじゃねぇぞ！」

こうしてウッディとアシッドの戦いが始まった。

トリスタン伯爵の手腕は、ちょっと帝王学をかじっただけの僕じゃ到底太刀打ちできないほどに見事なものだった。

◇◇◇

ウェンティを独立させるために必要なものは大きく分けると二つある。

その二つとは、王様からの勅許とコンラート公爵家を始めとする近くの領主から攻め入られることがないようにするための状況作りだ。

僕はこの二つを得るために、現在王国と関係を断絶しているエルフやダークエルフと窓口になれるだけの関係性を持っていることと、王国に対して食料であり、かつ王国で嗜好品《しこう》として流通させることができるレベルのフルーツを定期的に卸すことができるという二点で勝負をかけようとしていた。

けれどそれだけでは足りないと、伯爵はそこに更にコンラート包囲網とでも呼ぶべきものを作り上げたのだ。

現在コンラート領は南部の中小貴族達と西部にいるマグラード侯爵という二つの勢力に戦力を分散させなくてはいけない状況にある。

伯爵はそこに目をつけた。

「コンラート家が下手に動けば損をするような状況を作ってしまえばいいのさ」

なのでまず最初にマグラード侯爵を始めとする王国領の大貴族達に、定期的な食料援助の申し出をすることで、彼らとの関係性を構築。

その次に王に許可を求めるという順番を取らせてもらうことにした。

そうなれば大貴族達が賛成している以上、王はそれを拒否することが難しいからだ。

そして実にあっさりと、王から独立の許可をもらうことができた。

続いてトリスタン伯爵とマグラード侯爵が会合を行い、コンラート公爵を抑え込むことについて同意することを決めた。無論その場には、僕も同席させてもらっている。

その際に伯爵が、僕のスキルというカードを切ったのは言うまでもない。

これによってコンラート公爵家は三方を潜在的な敵に囲まれ、また僕を相手取ろうとすれば四方を敵に囲まれる形になった。

更にそこに僕らの領地による食料輸送や、場合によってはエレメントフルーツを始めとする武器に転用可能な果物の売買も行われるとなれば、父さんとしてもおいそれと手を出すことはできない。

ただこれらは実際の戦争の手段ではなく、あくまで脅しに留《とど》めておきたい。

エレメントフルーツは少々刺激が強すぎるし、物騒だ。

なので僕は父さんに、手紙と少々のフルーツを送ることにした。

そしてこのまま僕の領地を攻めればどうなるかを、文章と実物を使って教えることにしたのだ。

返ってきた手紙は苦々しさに満ちてはいたけれど、現状ではウェンティの独立を認めるしかないという内容になっていた。

そこまでいけば一安心だ。

色んな貴族の人達と顔を合わせたりして疲れたけれど、これでようやく一息ついていつもの生活が送れる……とそう思った時のことだった。

――なんと驚くべきことに、アシッドが子飼いの部下達を引き連れてウェンティへとやってくるというのだ！

それを聞いた時は思わず「え、なんで⁉」と叫んでしまった。

どうやらアシッドが僕が爵位をもらうというところが納得できず、一人で暴走してしまっているらしい。

僕はアシッドのことが、正直苦手だ。

素養を受け継いだ時の顔は今でも思い出すけど、それより前から彼はずっと僕のことを目の敵にしていた。常に敵意を向けられていて、好きになれるはずもない。

あの不肖の弟は本当に人の話を聞かないし、一度こうと決めるとそれが間違っていようと考え方を変えてくれない。

でもこちらに敵意を持ってやって来るというのなら、当然迎え撃たなくちゃならない。

事はアシッドと僕だけの問題ではない。

僕もアシッドも、今はもう立場ある人間だからだ。

コンラート家嫡子のアシッドと、ウェンティの領主でありアダストリア家の当主である僕。

下手に関係がこじれないように、僕は動き回ることになった。

無論転移によって自在に移動することができる僕は、アシッド達が今どのあたりにいるかという情報を伯爵の諜報員《ちようほう》経由で教えてもらい、対策を整えつつ公爵家とやりとりをすることになった。

樹木間転移という札は見せずに手紙のやりとりという形になったけれど、父さんの反応は少しだけ意外だった。

『今回のアシッドの暴走は私の不徳の致すところである。可能であれば寛恕《かんじょ》を願いたい』

父さんはどうやら、アシッドをしっかりと育てるつもりのようだ。

今のところ、『大魔導』を受け継いだのはアシッドだけだからね。

祝福の儀で新たな『大魔導』が出るとも限らないし、それなら多少問題があろうとアシッドを育てた方がいいっていう判断なんだろう。

なんだかなぁと思わなくもないけれど、今となってはアシッドには頑張ってもらいたいので僕としても手を尽くそうと思う。

まったく、面倒をかける弟の世話をするのは本当に疲れるよ。


僕は今回のアシッド達の襲来を、従来想定していた戦争のモデルケースとして活用してみることにした。

ギガファウナ討伐時はダークウッドゴーレム、樹木守護獣、エレメントフルーツの数の暴力の三重奏であっという間に終わっちゃったからさ。

今回はウッドゴーレムや樹木守護獣、それにサンドストームで戦う場合のウェンティの戦力を、アシッド達という試金石を使って計ってみることにしたのだ。

ちなみに威力が高すぎるため、密集させたダークウッドゴーレムの黒弾は今回は使わないようにしている。

その結果は上々。

以前から考えていたウッドゴーレムと樹木の結合や樹木守護獣の身体の小ささを利用した奇襲攻撃は上手くハマってくれた。

最近では気配を消すのが更に上手くなっているサンドストームの人達のエレメントフルーツ攻撃も、しっかりと効いていた。

そこまで大量に数を用意したわけでもなかったけれど、アシッドの配下達を苦労することなくあっという間に倒してしまうことができたから、戦力的には問題なさそう。

どうやら人間を相手にしても、問題なく彼らだけで対応ができそうで一安心である。

明らかに剣速が速い素養持ちらしき人もいたけれど、彼らも飽和攻撃をしているうちに倒すことができた。

これならもしどこかがうちに攻めてきた場合でも、問題なく対処ができそうだ。

あ、もちろん間違って死なせてしまうことがないように色々と手は打っている。

ホーリーウッドゴーレムの回復を重ねがけしたり、ピーチ軟膏《なんこう》を塗ってあげたりしてね。

けれどやっぱりアシッドだけは、ウッドゴーレムや樹木守護獣の攻撃をしっかりと防ぎきってみせた。

それどころか光魔法を使って、他の人達を治したりもしていた。

『大魔導』の素養持ちは伊達《だて》じゃないのだ。

攻撃を繰り返したことで、残るはアシッド一人。

「女の陰に隠れて、卑怯《ひきょう》な手で倒して……俺はお前のそういうところが、大っ嫌いなんだよ！」

「それなら安心してほしい」

僕は隣に立っているアイラとナージャに頷《うなず》いてから、前に出る。
一歩踏み出したその瞬間、今までの思い出が脳裏をよぎった。
『(ばーか)』
アシッドが『大魔導』を受け継ぎ、こちらをバカにした時の顔。
僕が押しのけられ、彼が嫡子になった瞬間……。
嫌なことばかりをされたから当然だけど、頭をよぎるのは嫌な思い出ばかりだ。
でもそんな記憶とは決別をしなくちゃいけない。
きっと今この瞬間が、僕が変わるべき時なんだ。
「ここから先は僕がやる。──サシで戦おう、アシッド」
「てめぇ……舐めた口利いてんじゃねぇぞ！」
アシッドはこちらに向けて手を伸ばす。
僕は収穫袋を使い、大量のウッドゴーレムによって壁を作るのだった。

アシッドの戦闘スタイルはゴリゴリのアウトレンジだ。
彼は素養に任せて大魔法を使い、その圧倒的な火力で敵をねじ伏せる戦い方を好む。
そしてそういった手合いは、僕と非常に相性がいい。
「カオスフレアッ！」
アシッドが魔法を放つのに合わせて、収穫袋から大量のウッドゴーレムを出す。
アシッドの魔法はウッドゴーレムの五体目を貫通したところで、威力を失った。

なんだ、思ってたより威力は高くないみたいだ。

アシッドに対しては手加減して戦うわけにはいかないから、僕の全力で相手をさせてもらう。

「打て！」

ダークウッドゴーレムを収穫袋から取り出し、黒弾を打たせる。

「チッ、ウィンドブラスト！」

アシッドは攻撃魔法で黒弾を迎え撃った。

威力はあちらの方が高いらしく、彼の風魔法は全ての黒弾を打ち落としそのまま真っ直ぐ突き進んでいく。

けれどその先には、既にウッドゴーレムの姿はない。

僕が彼らを再び収穫袋に入れてから、転移を使って距離を取ったからだ。

「それじゃあ次は時間を稼ごう」

百を超えるウッドゴーレムを、転移を使いながらアシッドを囲むように取り出していく。

「テンペストサイクロン！　タイダルウェイブ！　グランドバインドオオオオッ‼」

アシッドが彼らを攻撃しているうちにダークウッドゴーレムを遠距離に配置し、ひたすら黒弾を打ち続ける。

ウッドゴーレム達が減ったらその数を戻しつつ、僕は準備を整えていく。

——結合によって出せるゴーレム達には、ホーリーウッドゴーレムとダークウッドゴーレムという新たなバリエーションが増えた。

これらを全て出すことで、僕はフレイザードウッドゴーレムを超える新たなゴーレムを生み出す

ことに成功していた。

火・水・風・土・光・闇。

六つの属性のエレメントウッドゴーレムを交配、結合させて作り上げる最強のウッドゴーレム。

その名は――。

「イリデスントウッドゴーレム！」

ズズゥンと地響きを伴いながら現れたそのゴーレムの高さは、普通のウッドゴーレムよりも小さい。

その体色は虹色《にじいろ》に光っており、隣に立つ僕と同じ程度の身長しかない。

けれどその身体はとても重く、土に足がめり込んでしまっている。

なぜかはわからないけれど、ダークウッドゴーレムを掛け合わせると身体が小さくなってしまうのだ。

その分密度が上がるらしく、重さはむしろ増えているんだけどね。

このイリデスントウッドゴーレムを一体生み出すためには、実に１４０００もの笑顔ポイントを使用する。

だけどその強さは折り紙付き。

生み出すまでに時間がかかるし収穫袋に収納することもできないけれど、このゴーレムは単体でAランクを超える強さを発揮してくれる。

「行って、イリデスントウッドゴーレム！」

虹色に輝くゴーレムはこくりと頷いて、アシッドの方へ向かっていく。

僕がイリデスントウッドゴーレムを出すことに意識を集中させすぎていたせいで、アシッドは既にウッドゴーレムの輪を越え、ダークウッドゴーレム達に攻撃を仕掛けている最中だった。

「ちいっ！」

流石にアシッドも一目見てそのやばさに気付いたのか、ダークウッドゴーレムへの攻撃を止《や》めて完全にイリデスントウッドゴーレムへとターゲットを絞る。

炎の槍《やり》、氷の刃の雨、鋭利な土の礫《つぶて》……あらゆる攻撃がイリデスントウッドゴーレムへ襲いかかる。

イリデスントウッドゴーレムが手を掲げ、迎撃態勢に入った。

全てのエレメントウッドゴーレムの特徴を持つこの個体は、当然ながら黒弾を放つことができる。

ドドドドドドッ！

連発された黒弾が、全ての魔法攻撃を打ち落とす。

「へっ、これでもくらいやがれ――スピットファイア！」

けれどその間にアシッドは攻撃の準備を整えており、超速で飛翔《ひしょう》する火魔法を放っていた。

火の鳥を模したその攻撃がイリデスントウッドゴーレムに当たり、貫通する。

けれどさしてダメージを受けた様子もなく、自身の手を空いた穴へと当てた。

すると回復の光が生み出され、みるみるうちにつけられた傷が癒えていく。

当然ながらホーリーウッドゴーレムの性質も兼ね備えているため、回復をするのもお手の物。

フレイザードウッドゴーレムとは違い、戦闘によって崩壊するまでの時間制限もないため、使い勝手は格段に上がってくれている。

「なん……だと……っ⁉　アースニードル！」

アシッドが驚いている間にも、イリデスントウッドゴーレムは接近を続けていた。

その移動速度は速く、あっという間にアシッドに肉薄する。

アシッドは自分の周囲に土の針を生み出して、ハリネズミのように接近を避けようとする。

けれど傷を回復させることのできるイリデスントウッドゴーレムは、自身が傷を負うことも気にせずに攻撃を続けることができる。

振りかぶって放った拳《こぶし》が、見事にアシッドの腹部を捉《とら》えた。

「がはっ！」

吹っ飛んでいくアシッド。

彼の目は驚愕《きょうがく》に見開かれていた。

そしてこちらに親の敵を見るような視線をくれてから、

「卑怯だぞ、ウッディ！　こんな勝ち方をして、恥ずかしくないのか⁉」

「うーん……別に？　素養を使って戦ってるだけなんだから、僕とアシッドは同じ土俵に立ってるわけだし」

「ちっ、この卑怯も……ぎゃあああああああっ！」

僕を罵《ののし》っている間に、イリデスントウッドゴーレムの二撃目が入る。

遠距離攻撃での火力に関しては右に出る者のいない『大魔導』の素養だけれど、当然ながら弱点はある。

それは懐に入られてしまうと、使える魔法が一気に限られてしまうということ。

そのためとにかくインファイトに持ち込んでしまえば、遠距離最強という強みは一気に弱みへと変わる。

恐らくだけど父さんがトリスタン家と関係を持とうとしたのには、この対近距離戦での弱点を克服するためでもあったんじゃないだろうか。

何十年も『大魔導』の素養で戦い抜いてきた彼には、色々と見えているものがあったんだろうな。

三発目のパンチを食らったところでアシッドは意識を失い、白目をむきながら気絶したようだった。

アイラ達に他の人達の様子を確認してもらったところ、どうやら一人も死者を出すことなく済んだようだ。

なんにせよ、これで万事解決である。

……僕とアシッドの関係を除けば、だけど。

しかし、アシッドはなんでこんな無茶をしようとしたんだろう。

弟ではあるけれど、僕はアシッドのこと、全然知らないんだよな……。

目が覚めたら一度、話をしてみようかな。

僕達は男の子同士だからさ。

戦ったからこそ言えることとって、きっとあると思うから……。

◇◇◇

「ごめんなさいね、アシッド」

母さんはいつも、俺に謝ってばかりだった。

理由は思い出せない。

けれどそのほとんどが、些細《ささい》なものだったという記憶がある。

「私がもっといい生まれだったら……」

母さんが何に謝っているのか、当時の俺はまったく理解ができていなかった。

けれど母さんが悲しんでいることだけは、幼い頃の俺にもわかっていた。

そしてその原因が父上にあることも理解していた。

だから俺は、幼心に誓ったのだ。

いつかきっと、俺と母さんの存在を、父上に認めてもらうのだ……と。


俺の母さんは、元は旅一座の踊り子をしていた女性だった。

巡業を行っている中、その美貌《びぼう》を気に入った父が目を付け、自領での公演を行うよう手配した。

そして母さんに手を付け、俺が生まれた。

男なら、隙あらば手を出すというのもわからなくはない。

けれど父上はその後、俺達を完全に放置した。

正妻の子供であるウッディにはあれだけ目をかけているくせに、俺や母さんが何度頼もうが顔を見せて話をしてくれることはほとんどなかった。

その理由は簡単だ。

良い素養の両親から生まれた子の方が、良い素養を持つことが多いという、たったそれだけのことだった。

俺の母さんは素養のないただの踊り子だ。

そんな母から、良い素養を持った子が生まれる可能性は低い。

たとえ自分と血が繋がっていようと、期待ができない子供にかける時間はないというわけだ。

金だけは渡され、屋敷で何不自由ない暮らしをすることはできるが、ただそれだけ。

なんの面白みもない幼少期だった。

俺達が暮らしていた屋敷は、本邸の隣に建っている別邸だ。

そこからは本邸の様子や、本邸の奴らが庭で遊んでいる様子がよく見える。

俺が父上の様子を見られないかと隣の屋敷を眺めていると、そこであいつ——ウッディの顔をよく見かけるようになった。

あれが本妻の子供なのだ。

あいつのせいで、俺と母さんがこんな目に……。

ヘラヘラ笑いやがって、あいつのせいで俺達は……。

俺はウッディのことが大嫌いだった。

今自分がいる場所がどれだけ価値のあるものなのかを理解していない、あののんきな顔を見る度に吐き気がする。

ぬくぬくとして何の不自由も感じることなく生きているあいつが——羨《うらや》ましかったのだ。

そう、きっと俺は、羨ましかったんだと思う。

なんでその場所に立って、笑顔の母と父に囲まれているのが俺じゃなくて、ウッディなのだ。

俺とあいつ、何が違う。

俺だって、俺だって……。

そんな風に考えているうちに羨望《せんぼう》は妬《ねた》みに変わり、俺は屋敷から出てきたウッディに対して嫌がらせをするようになっていた。

時に母さんと一緒になって、メイドをけしかけたりするようなこともあった。

そんなことをしても何かが好転するわけじゃない。

むしろ下手に露見すれば、俺達の立場が悪くなるだけだ。

けれどそれでも俺は、やるしかなかった。

だってそうしなければきっと……あの情けない現状に、耐えることができなかったから。

結局あの男に仕返しをされるようなこともなく、月日は流れ……そして祝福の儀を受けたあの日がやってきた。

嫡男として期待され、それに応えるだけの聡明《そうめい》さを持っていたウッディに与えられた素養は生産系の『植樹』。

そして俺に与えられたのは——父上が持っており、その素養が受け継がれることを何より願っていた『大魔導』の素養だった。

これで全てを見返すことができた。

正しいのはあのバカじゃなくて、この俺だ。

俺こそが、コンラート家を受け継ぐ……。

あれ……俺は本当は、何がしたかったんだっけ……。

『おお、流石はアシッド、私の息子だ！』

ああ、そうだ。

俺はただ、父上に認めてほしかったのだ。

俺という存在を、そして俺を育ててくれた母さんという存在を。

たったそれだけのことだった。

そのために頑張って……でも結局また、ウッディが俺の邪魔をする。

あいつは一体、なんなんだ。

俺の大魔法でも倒しきれないほどの大量のゴーレムを使役したり。

謎の魔法を打ってくるゴーレム部隊を用意したり。

かと思えば虹色に光る謎のゴーレムを出したり。

おまけに戦闘能力だけじゃなくて、食料生産や砂漠の緑化まで完璧《かんぺき》にやってのけている。

本当に……なんなんだよ。

これじゃあ一生懸命頑張っている俺が……バカみたいじゃないか。

クソクソクソクソ！

こんなことになるんなら――俺は、一体なんのためにっ！

「起きたかい、アシッド」

「……誰かと思えばお前かよ、ウッディ」

意識が覚醒《かくせい》するとそこは、見覚えのない部屋の中だった。

横になっているのは見たこともない寝具だったが、寝心地は悪くない。

外から光が入り込んでいるが、室内はほの暗い。

上体を起こせば、そこにはウッディの姿があった。

頭を流れていく記憶。

そうだ、俺は……負けたんだ。

一対一でこいつと戦って、完膚なきまでに。

「俺は……どうなるんだ？」

「別に、どうもしないよ。アシッドは兄である僕の領地に遊びに来た……ただそれだけさ」

飄々《ひょうひょう》として、なんでもないような態度を崩さないウッディ。

……気に入らねぇ。

この場に護衛も連れずに、俺とサシで会っていることも含めて。

俺程度、どうとでもなるってわけか。

「あんな素養を持っていて……追放されたのも全部狙い通りだったってか？」

「そんなことないよ。あの時はアイラを除いて誰もついてきてくれなかったし……正直、必死だったことしか覚えてないな」

「バカにしてるんだろ。『大魔導』の素養を持ってるくせに、生産系の素養を持ってる自分にすら勝てない俺のことを！」

「……」

ウッディは黙って、こちらを見つめている。

いつも微笑を浮かべているこいつが、真剣な顔をすることはあまりない。

さっきの戦闘の最中ですら、小さく笑みを浮かべていたくらいだからな。

「ねぇ、アシッド」

「なんだ」

「もしかしてなんだけど……君は僕のこと、血も涙もない人間か何かだと勘違いしてない？」

勘違いも何も、それが事実だろう。

あんなに強い素養を持ってるくせに、俺のことを昔と変わらず小バカにして。

あっという間に俺を追い越して、気付けば今では独立して自分の家を興している。

まだまだ父上が現役の俺よりも上の地位でふんぞり返って、こっちを見下しているんだ。

俺がその悪辣《あくらつ》さを滔々《とうとう》と述べてやると、ウッディははぁと大きなため息を吐《つ》いて、

「そんなこと、思うわけないじゃないか……たしかに嫌がらせを受けるのはいやだったけど、一応君は僕の弟だ。自分の感情をぶつける先がない弟のサンドバッグになることくらい、なんともないよ」

「そ、素養のことだってそうだ！　お前はそんなにすごい素養を持っているくせに、俺や父上を欺いて……」

「だからそんなこと、するわけないよ。僕だって自分のスキルの力に気付いたのはこっちに来てかなり経《た》ってからのことだし。そもそも父さんやアシッドのことを欺いたり、バカにしたりしたことなんかないってば！」

呆《あき》れた顔をするウッディ。

嘘を言っている様子はない。

こいつが俺のことを……なんとも思ってない？

全ては俺の勘違いだったってことなのか……？

……はは、だとしたら俺は、とんだ道化じゃねぇか。

俺があれだけ恨んできたのは全部なんだったんだよ。

今までならきっと、ウッディが何を言っても俺は信じなかっただろう。

けれどああまで完璧に打ち負かされて。

その上で俺を殺すこともなく、看病までされていては信じざるを得ない。

「俺の部下達は、どうなっている？」

「収容施設に入ってもらってるよ。一人も死なせてないから、安心してくれていい」

「そうか……」

顔を上げれば、吹き抜けから月の光が降り注いでいた。

俺は今、自分の感情をどこに吐き出せば良いのかわからない。

全ての諸悪の根源だと思っていたウッディは、俺のことを殺すこともなくこうして対話をしてくれている。

どうやらこいつは俺が思っていたような、人の不幸を笑うようなクソ野郎ではなかったらしい。

この事実を俺は、どう消化すればいいのか。

俺には答えが出せなかった。

「……明日には、帰る」

「そう？　別に無理しなくても……」

「無理なんかしてねぇよ」

それだけ言って、俺は横になる。

そして上に布団をかけ、話は終わりだという合図をした。

どうやらここまで急いで来たのと、全力で魔法を使ってきた分の疲れが押し寄せてきたらしい。

あっという間に眠気に支配されそうになった俺は、そのまま抗《あらが》うことなく意識を手放した。

眠る間際、ウッディの声が聞こえた気がした。

「──おやすみ、アシッド」

ああと応えたつもりだったが、言葉になったかはわからない。

気付けば俺は、深い眠りに落ちていて。

次の日の朝になるまで、死んだように眠ったのだった。

◇◇◇

結局、仲直りができたのかどうかの判断は僕にはつかなかった。

けれど起きたアシッドと話をした時の彼の顔を見ていた限り、前よりは関係もいくらか前進したように思う。

そして次の日、まだ傷の残っている身体を半ば引きずるようにして、アシッドは領地へと帰っていった。

もっとゆっくりしていくように言ったのに、相変わらず彼は人の話を全然聞かない。

けれど……。

「じゃあな、クソ兄貴」

そう言ったきり振り返らなかった去り際のアシッドの顔は、なんだか憑《つ》きものが落ちたように見えて。

僕は兄として最低限の役割くらいは果たせたのかなぁと、少しだけ思うのだった。

エピローグ

ギガファウナを倒すことに成功したことで、ビビの里の世界樹はその力を取り戻した。

というか僕が色々と手を加えたおかげで、なんだか以前よりも元気になっているらしい。

世界樹を何本か追加したことで使える魔法陣の幅が増えて、ギネアの村のように収穫以外のものも色々と融通を利かせることができるようになったみたい。

僕が置いてきた樹木守護獣のアースモール達は、今ではエルフの研究者達の間でマスコットになっているらしい。

それを聞いてレベッカも対抗心を出したらしく、彼女は定期的にビビの里の世界樹の地脈操作を行うことになった。

いや、だからなんで君が対抗心を出すのさ⁉

ウェンティにまつわる問題も解決したし。

ギガファウナを倒してエルフの里の問題もなくなった。

ひとまず喫緊の問題は全て片付けることができたわけだ。

というわけで久しぶりに、ツリー村で宴会をすることになった。

するとどこから話が伝わったのか、色んな人が参加を希望し始めてしまって。

全員を呼ぶわけにもいかず、やってくる人達を選ばなくてはいけない状態になってしまった。

僕は今、事前の準備で少しだけくたびれているのを必死に押し隠しながら、壇上に立っていた。

「えーっと、それでは……何に乾杯すればいいかな？」

「それでは、私とウッディ様の輝かしい未来に」

「私とウッディの婚約にだ！」

僕の隣に立っているのは、アイラとナージャ。

ナージャはいつもより胸を張って、喜色を隠し切れていない。

今回、僕が改めて子爵として叙爵したことで、僕と彼女との関係性は変わった……というか、元に戻った。

ギガファウナを討伐し食料生産すら可能とする『植樹』の力を知った伯爵が、僕とナージャが再び婚約をすることを許してくれたからだ。

これでナージャの肩書きは、元婚約者から婚約者に変わった。

彼女が楽しそうに笑っていて、僕も気分が良くなってくる。

あ、ちなみにアイラの方もナージャと婚姻をした段階で、僕の側室になることが内定している。

なので心なしか、アイラの機嫌も良さそうだ。

「エルフの里を救ってくれた英雄に！」

ハイエルフのファナさんに、僕を里まで連れていくことを許可してくれたアカバネさん。

後ろの方にはメゴさんやマゴさん、ウテナさん達の姿も見えている。

「ダークエルフの窮状に手を差し伸べてくれた勇者に！」

「私達に未来をくれた領主様に！」

そしてそのすぐ隣には、ダークエルフ達の代表として来てくれたミリアさんとルルさんの姿がある。

エルフとダークエルフのこじれた仲を元あったように一つに戻すには、まだまだ時間がかかる。

きっと僕なんかじゃ想像もつかないような、とてつもなく長い時間が必要になるだろう。

けれど今こうして同じ場所に立っている彼女達を見ると、その端緒くらいは作れたんじゃないかなぁという気持ちになってくる。

「公爵に一泡吹かせた王国の新たな青き血に！」

「姉上のこと、絶対に幸せにしてくださいね！」

そしてこの場には、ナージャの家族枠でトリスタン伯爵と彼女の弟のウェイン君の姿もある。

初めて見るツリー村に圧倒されたり、エルフやダークエルフ達を見て更に顎《あご》が外れそうになるほど驚いていた彼らだったけど、今ではいつも通りに戻っている。

というか、そんなに心配しなくても大丈夫さ。

ナージャのことはきちんと、幸せにしてみせるから。

「ウッディ様、今後ともごひいきに！」

「私達のことも忘れないでくださいね〜っ！」

少し離れたところには、商人のランさんとその護衛である『白銀の翼』の面々の姿がある。

彼らが上手《うま》くウチの品を捌《さば》きながら奴隷を買ってくれたり、各地からウェンティへ人を誘致してくれたおかげで、ツリー村の人口はかなり増えている。

いきなり解放されても奴隷達も困るだろうから、今は色々と仕込みの段階だ。

けれど人口が爆発的に増えたおかげで、現在一日に入る笑顔ポイントの数は既に2000を超え3000に届きつつある。

これからはウェンティだけじゃなくて各地にもフルーツを卸さなくちゃいけない。

これで当座のお金は稼げるようになったから、後はウェンティの人達だけでしっかりと稼げる物作りをしなくちゃね。

しっかりとした産業のノウハウを持っている奴隷なんかも買い集めているので、そう遠くないうちに鉄鋼業や加工業にも手を出す予定だったりするから、まああんまり心配はしていないけど。

ちなみにランさん達の周りには、シェクリィさんやマトンを始めとして、ウェンティの住人達の姿が合わせて五十ほどある。

皆忙しい身なのだけれど、時間を合わせてやってきてくれたのだ。

ホストの僕は、気合いを入れなくっちゃいけない。

「えーっとそれじゃあ……皆の今後の発展を願って……乾杯！」

「「「乾杯っ‼」」」

最初はアイラと二人きりで、先がどうなるかなんてまったくわからなかった。

けれど今……僕の周りには、こんなにたくさんの人がいてくれる。

とりあえず最大の山場は越えたけれど、まだまだ課題はたくさんある。

けれど僕らで力を合わせればきっと大丈夫。

きっとどんな難関だって、僕らなら乗り越えられるはずだから……。

特別編

アシッドを見送り、アダストリア家を興したことからナージャとの婚約に至るまで、あらゆるお祝い事をまとめて祝うためのパーティーをした、その翌日。

「うぅ、頭が痛い……」

僕は見事なまでの二日酔いに苦しんでいた。

というのも昨日はハイエルフのファナさんやダークエルフのミリアさん、おまけにトリスタン伯爵と、今後のことを考えると仲良くしなくちゃいけない人がとにかく沢山いて。彼らに酌をされてしまえば、ホストの僕は断ることなんかできやしなかったのだ。

なので元々それほど得意でもないお酒をとにかく大量にガバガバ空けることになってしまい……今ではこの体たらくである。

というか皆、お酒強すぎる……伯爵とか、樽《たる》から直飲《じかの》みしてたし。

「むにゃむにゃ……」

隣で眠っているナージャもかなり飲んでいたはずだけど、二日酔いなどの様子もなくぐっすりと眠っている。

伯爵の血を引いているってことなんだろうか。いずれナージャもあれくらい飲むようになるのかなと思うと、ちょっと怖くなってくるよ。

にしても……うぅ、頭が痛いし、とにかく気持ちが悪い。

今なら誰かのささやき声を聞いただけで、頭がガンガンしてきそうだ。

少なくとも今日は、まともに仕事はできなそうだな。

「ウッディ様、こちらデトックスウォーターになります」

「ありがと」

吐いたりするほどじゃないんだけど、胃がむかむかする。

まったく食欲はないし、少なくとも今は肉を見たくもない。

するとそんな僕の体調に配慮してか、アイラがお水を持ってきてくれた。

当然ながらフルーツを使った特産品作りは、現在も続いている。

アイラが出してくれたこのデトックスウォーターも、うちで新しく開発したものの一つだ。

コップを傾けると、爽《さわ》やかな風味が喉《のど》を抜けて身体《からだ》を通っていく。

水が隅々まで身体に行き渡る爽快感《そうかいかん》で、少し気分も楽になってきたみたいだ。

「すっきりしてて美味《おい》しいよ。ほどよい冷たさなのも素晴らしいし」

「ありがとうございます」

平民には、紅茶を飲むという習慣自体のない人も多い。

そのためフルーツティーより更に裾野《すその》を広くして、誰でも手に取りやすい飲み物を作れないかと思い作製された物の一つがこいつである。

作り方はとっても簡単で、輪切りにしたり細かく刻んだりしたフルーツの端っこの部分や皮や香り付けの葉っぱを水の中に入れるだけ。

これのおかげで、今まではあまり使い道のなかった果樹の葉っぱの活用方法も生まれてくれた。うちのフルーツを使っているのでかなり甘みがあり、果実水とジュースの中間のような感じの味わいに仕上がっている。

水を入れる量によって味の濃さが調節できるため、幅広い層から支持を受けている、ここ最近のうちのヒット商品のうちの一つである。

「今日は朝ご飯はいいや」

それだけ言うと立ち上がり、パジャマから着替え始める。

最初は慣れなかった着替えも、今では自分一人で楽々だ。

「どこへ行かれるのですか？」

「他の皆の様子を見に行こうと思ってね」

昨日僕はお酒を飲みすぎたせいで早々にダウンしてしまい、とりあえずパーティーの参加者をもてなすようにアイラに告げてから日もまたがないうちに帰ってしまっていた。

なのでとりあえず、皆がどんな様子かを確認しにいかなくちゃ。

倉庫がすっからかん、なんてことになってないといいんだけど……ちょっとありえそうなのが、普通に怖い。

昨日ド派手な飲み方をしていたのはシムルグさんとホイールさん、それから伯爵にエルフとダークエルフの皆様方。

とりあえず彼らが無事なのかどうかを、確かめなくちゃいけないよね。

「さて、まずは伯爵から……って、臭っ⁉」

外に出るなり、むわっとしたアルコールの匂いがこっちにまで漂ってくる。

ここから宴会会場まではそこそこ距離があったはずだけど……と思いながら歩くと、一歩進む度にアルコールの匂いが強くなっていく。

そして会場に着くと……そこには死屍《しし》累々の参加者達の姿が広がっていた。

「うぅん……」

「ｚｚｚ……」

ジンガさんを始めとしたツリー村からの参加者達は、全員が一ヶ所に集まって爆睡していた。その真ん中には、開封されたまま飲みきれていない樽が置かれている。

酸化しちゃうのでしっかりと蓋《ふた》を閉める。

しかしこうやって改めて見ると……すごい量のゴミだな。

溜《た》めてあったワインを全て飲み干したんじゃないかと思うほどに、そこら中に樽やらジョッキやらが転がっている。

懐の痛みを考えると少し微妙な気分になってくるけど……参加した人達が皆幸せそうな顔をしているから、まあよしとしておこうかな。

……あ、あそこにいるのは伯爵かな？

「ごがぁ……がごぉ……」

トリスタン伯爵は、空になったワイン樽に抱きつきながら気持ちよさそうに眠っていた。

怪獣のようなとんでもない音のいびきをかいていて、近くで眠っている人達が眉間《みけん》にしわを寄せている。

伯爵って一応上級貴族のはずなんだけど、こんなところで野ざらしで寝ていて大丈夫なんだろうか……大丈夫なんだろうな、多分。

伯爵なら害意を持った人間が近付いたら、恐らくすぐにでも目を覚ますだろう。

たしかナージャも似たようなことができたはずだし。

「ほら伯爵、朝ですよ」

「うぅん……？」

起こすとかなり機嫌が悪そうで、眉間にしわを寄せている。

僕と同じく体調が優れないらしく、以前末恐ろしさを感じるほどだった鋭さは、今は微塵《みじん》も見当たらない。

こうしていると……ただの酔っ払いのおじさんにしか見えないな。

すぐ近くで伯爵を見守っていたらしいメイドさん達に後のことは任せて、他の人達の下へ向かう。

グロッキーな状態の伯爵達とは違い、少し歩いて行ったところにあるエルフとダークエルフ達のグループでは、皆何事もなかったかのようにけろっとしている。

「あ、ウッディ殿、どうもありがとうでござる！　いやぁ、出される酒も料理も美味しくて、自分年甲斐《がい》もなく飲みすぎてしまったでござるよ」

そう言って僕に手を振ってきたのは、問題なさそうに笑っているアカバネさんだ。

彼の右手には未《いま》だにジョッキが握られていた。

そしてそこからは、ちゃぷちゃぷという音が。

……嘘《うそ》でしょ、まさか今の今までぶっ通しで飲んでたの？

アカバネさんの左右をメゴさんとマゴさんが固めていて、その向かい側のテーブルにはミリアさんとルルさんの姿がある。

二人はぐびっとワインを飲んでからこちらに気付いたようで、

「ウッディ殿！　本日はありがとうございまふ！」

「本日というか、二日目に突入してるんだけどねぇ」

ミリアさんはかなり酔っているのかろれつが少し怪しいが、ルルさんの方は普通より少し機嫌がいいくらいで、あまり目立った変化もない。

どうやら本当に徹夜で飲み続けていたらしい。

エルフとダークエルフが仲良くしてくれてるのは嬉《うれ》しいんだけど……皆本当に大丈夫なんだろうか。

アルコール耐性が、人間とは違ったりするのかな……？

聞いてみると、上機嫌なアカバネさんが答えてくれる。

「エルフには『酔い止まり』という丸薬がありましてな。事前にこれを飲んでいると、ある程度のところで酔いがこれ以上回らなくなるのでござるよ」

「ダークエルフにも同じ薬があるの。なので軽い気付け薬代わりという感じで酒を飲んでいるうちに朝になっちゃってて……あ、ちなみにミリアちゃんが『酔い止まり』を飲んでいるのにベロベロなのは、純粋にお酒に弱いからだよ。まああっちのウテナさんよりかはマシだけど」

そう言ってルルさんが指さす方向を見ると……そこには二本の足が盞から飛び出している樽があ

った。

恐る恐る中を確認してみると、そこには気持ちよさそうにすぅすぅと眠っているウテナさんの姿がある。

どうやら効果には個人差があるようだ。

でも、なるほど……エルフの人達の間で伝わる毒消しみたいなものか。

アルコールは一種の毒ってどこかで聞いたことがあるし、そういうものもあるんだろう。

「そういえば以前ミリアさんが……」

「わたひがどうかしたのかっ⁉」

「い、いえ、ミリアさんが以前ダークエルフに伝わる霊薬の話をしていたのを思い出しまして」

「ああ、そういえばそんなこともあったたか」

酔っているミリアさんから話を聞くと、適宜ルルさんがフォローを入れてくれたおかげですぐに概要は掴《つか》むことができた。

どうやらエルフとダークエルフは高い製薬技術をもっているらしく、塗るだけで骨折が治るような軟膏《なんこう》から飲むだけで体内にある腫瘍《しゅよう》を取り除けるような飲み薬まで、色々な薬剤が存在しているらしい。

長い年月を生きる彼らからすると寿命より病で死んでしまうことの方が圧倒的に多く、その結果医療技術や製薬技術が進化したのだという。

（それならエレメントフルーツを使った医薬品開発とか、どうだろうか？　もしかしたらまだ発見できていないような効用を見つけてもらったりすることもできるんじゃ？）

とりあえずツリー村に来てもらったダークエルフの人達だけど、全員に仕事を割り振ることができるかは正直怪しいところだった。

軍隊として動くサンドストーム、砂漠の狩人《かりゅうど》として食肉を狩ってきてもらうダークエルフという形で棲《す》み分《わ》けをしてもらおうかなぁというくらいにざっくりしか決めてなかったんだけど……もしここでダークエルフの皆の雇用を創出できたら、そこの問題を一気に解決することができるかもしれない。

そこでエルフとの共同開発とかにすれば、両者が顔を合わせる機会なんかを作ることもできるし。

というわけで思いついたアイデアを話してみると、皆が真剣な顔つきになった。

少し時間をおいてアルコールを抜いてから前向きに検討したいという答えが返ってくる。

思いつきだったんだけど、どうやら大事になりそうな予感がする。

やる気を出している皆に水を差すのもあれなので、話し合いを始めたアカバネさん達に別れを告げて僕は少し離れた一角へとやってきていた。

そこにいたのは……。

「がっはっは！　もっと飲むのよ！」

「うむ、美味《うま》い酒というのはいくら飲んでも飲み足りるものではないのである！」

特に薬など飲まずとも一晩中お酒を飲み続けていた、ホイールさんとシムルグさんだった。二人は僕がやってきたことに気付くと、

「おお、ウッディ！　良いところに来んのよ、俺らと一緒に飲むのよな！」

「ささ、まずは一杯なのである！」

と僕を酒盛りに誘おうとしてくる。

僕は酔っ払い中年のような神獣様からの酌の申し出をのらりくらりとかわし、なんとかその場を後にするのだった。

結果としてこの酒宴のおかげで、エレメントフルーツを使った医薬品技術は大きく発展することになる。

けど僕は心に決めた。

今回は思いがけない結果が出たけれど、僕はもう二度と深酒はしないし、誰かにさせないようにしよう、と……。

あとがき

初めましての方は初めまして、そうでない方はお久しぶりです。しんこせいと申す者でございます。

突然ですが自分は先日、ＫＡＤＯＫＡＷＡ様が主催しているパーティーに参加させていただきました。

今作の編集であるＨ様とは、初めてお会いして話をすることができました。

そしてドラゴンノベルスの方で編集をしてくださっていたＫ様とも久しぶりに会えました。

実は自分は過去に一度だけ、パーティーに参加したことがあります。

その時はまだ『ゴブリンの勇者』一作を出しただけのペーペー作家で、色々とビビった結果誰にも話しかけることなくひたすらローストビーフを食べてましたね……（遠い目）。

あの時と比べると少しだけ自分に自信が持てるようになったので、今回は色々な人に話しかけにいってみました。

有名作家様に「ペンネーム知ってます」と言われた時は、めちゃくちゃ嬉《うれ》しかったですね。

「小説家になろう」で一緒にしのぎを削っている作家の方々も多数おりましたが、別にバチバチ……というようなこともなく、終始和気藹々《わきあいあい》とした感じで楽しくお話ができました！

そして当然ながら僕のことなんぞ知らない人も多く……個人的にここ最近は結構頑張ってたつも

りなのですが、どうやらまだまだ精進が足りなかったみたいです。

　来年は今年以上に頑張らなくちゃいけないですね。そんな風に毎年自分をアップデートしていって、より良いお話を届けられたらと思います。

　傍《はた》から見るとゆっくりかもしれませんが、自分なりのペースで着実に一歩一歩進んでいけたらと思いますので、ぜひ長い目で見ていただけると助かります。

　では改めて謝辞を。

　編集のH様、ありがとうございます。他作品の執筆のせいでスケジュールがキツキツになってしまい、大変申し訳ないです。流石《さすが》にヤバいと思い手帳を使ってスケジュール管理を始めましたので、以後はもう少し上手《うま》くできるかと……。

　美麗なイラストで今作を彩ってくださったあんべよしろう様、ありがとうございます。樹木守護獣がとってもかわいいです！

　そしてこの本を今手に取ってくれているあなたに、何よりの感謝を。

　あなたの心に何かを残すことができたのなら、それに勝る喜びはございません。

カドカワBOOKS

スキル『植樹《しょくじゅ》』を使《つか》って追放先《ついほうさき》でのんびり開拓《かいたく》はじめます 2

2024年２月10日　初版発行

著者／しんこせい
発行者／山下直久
発行／株式会社KADOKAWA
〒102-8177
東京都千代田区富士見2-13-3
電話／0570-002-301（ナビダイヤル）
編集／カドカワBOOKS編集部
印刷所／暁印刷
製本所／本間製本

●お問い合わせ
https://www.kadokawa.co.jp/（「お問い合わせ」へお進みください）
※内容によっては、お答えできない場合があります。
※サポートは日本国内のみとさせていただきます。
※Japanese text only

Printed in Japan
ISBN 978-4-04-075326-3 C0093

新文芸宣言

かつて「知」と「美」は特権階級の所有物でした。

15世紀、グーテンベルクが発明した活版印刷技術は、特権階級から「知」と「美」を解放し、ルネサンスや宗教改革を導きました。市民革命や産業革命も、大衆に「知」と「美」が広まらなければ起こりえませんでした。人間は、本を読むことにより、自由と平等を獲得していったのです。

21世紀、インターネット技術により、第二の「知」と「美」の解放が起こりました。一部の選ばれた才能を持つ者だけが文章や絵、映像を発表できる時代は終わり、誰もがネット上で自己表現を出来る時代がやってきました。

UGC（ユーザージェネレイテッドコンテンツ）の波は、今世界を席巻しています。UGCから生まれた小説は、一般大衆からの批評を取り込みながら内容を充実させて行きます。受け手と送り手の情報の交換によって、UGCは量的な評価を獲得し、爆発的にその数を増やしているのです。

こうしたUGCから生まれた小説群を、私たちは「新文芸」と名付けました。

新文芸は、インターネットによる新しい「知」と「美」の形です。

2015年10月10日
井上伸一郎